Simone de Beauvoir, geboren am 9. Januar 1908 in Paris, war eine führende Repräsentantin des französischen Existentialismus in der Literatur. An der Sorbonne lernte sie Jean-Paul Sartre kennen, der ihr Lebensgefährte und geistiger Weggenosse wurde. Als Philosophin und Erzählerin stets bemüht, Ideen und gedankliche Prozesse darzustellen, blieb sie doch eine Künstlerin, die es vermied, die Personen ihrer Dramen und Romane als bloße Ideenträger zu benutzen. Für ihren Schlüsselroman «Die Mandarins von Paris» (1955; rororo Nr. 761) erhielt sie den «Prix Goncourt». Simone de Beauvoir starb am 14. April 1986 in Paris.

In der Reihe der rororo-Taschenbücher sind außerdem erschienen: «Das Blut der anderen» (Nr. 545), «Ein sanfter Tod» (Nr. 1016; auch in der Reihe «Literatur für KopfHörer», gelesen von Rosemarie Fendel), «Memoiren einer Tochter aus gutem Hause» (Nr. 1066), «In den besten Jahren» (Nr. 1112), «Der Lauf der Dinge» (Nr. 1250), «Alle Menschen sind sterblich» (Nr. 1302), «Sie kam und blieb» (Nr. 1310), «Die Welt der schönen Bilder» (Nr. 1433), «Eine gebrochene Frau» (Nr. 1489; auch in der Reihe «Literatur für KopfHörer», gelesen von Erika Pluhar), «Alles in allem» (Nr. 1976), «Marcelle, Chantal, Lisa...» (Nr. 4755), «Soll man de Sade verbrennen?» (Nr. 5174), «Die Zeremonie des Abschieds und Gespräche mit Jean-Paul Sartre» (Nr. 5747), «Das andere Geschlecht» (Nr. 6621), «Das Alter» (Nr. 7095), «Amerika Tag und Nacht. Reisetagebuch 1947» (Nr. 12206) und «Auge um Auge. Artikel zu Politik, Moral und Literatur 1945–1955» (Nr. 13066). Im Rowohlt Verlag erschien das Simone de Beauvoir-Lesebuch «Der Wille zum Glück» (1986). Ferner liegen vor von Axel Madsen: «Jean-Paul Sartre und Simone de Beauvoir. Die Geschichte eine ungewöhnlichen Liebe» (rororo Nr. 4921) sowie von Claude Francis und Fernande Gontier: «Simone de Beauvoir. Die Biographie» (rororo Nr. 12442). In der Reihe «rowohlts monographien» erschien als Band 260 eine Darstellung Simone de Beauvoirs mit Selbstzeugnissen und Bilddokumenten von Christiane Zehl Romero, die eine ausführliche Bibliographie enthält.

Simone de Beauvoir

Mißverständnisse an der Moskwa

Eine Erzählung
Mit einem Nachwort von Judith Klein

Deutsch von
Judith Klein

rororo
Rowohlt

«Malentendu à Moscou» erschien 1992 erstmals
in der Zeitschrift *Roman 20/50 (Nr. 13)*, Paris

Umschlaggestaltung Werner Rebhuhn
(Foto von Simone de Beauvoir: Archiv Rowohlt Verlag)
Deutsche Erstausgabe
Veröffentlicht im Rowohlt Taschenbuch Verlag GmbH,
Reinbek bei Hamburg, April 1996

Satz Garamond (Linotronic 500)
Gesamtherstellung Clausen & Bosse, Leck
Printed in Germany
990-ISBN 3 499 13597 3

Sie blickte von ihrem Buch auf. Wie langweilig, diese alte Leier über die Unmöglichkeit, zu kommunizieren! Wenn einem was daran liegt, schafft man es schon recht und schlecht. Nicht mit jedem, zugegeben, aber mit zwei oder drei Personen. Auf dem Nebensitz las André einen Kriminalroman. Sie verschwieg ihm manche Laune, Sehnsucht, kleine Sorge; sicher hatte auch er seine kleinen Geheimnisse, aber im großen und ganzen wußten sie alles voneinander. Sie warf einen Blick aus dem Fenster: so weit das Auge reichte, dunkle Wälder und helle Wiesen. Wie oft hatten sie gemeinsam den Raum durchmessen, im Zug, im Flugzeug, mit dem Schiff, Seite an Seite, ein Buch in der Hand? Noch oft würden sie schweigend Seite an Seite über das Meer, die Erde und die Luft dahingleiten. Dieser Augenblick hatte die Süße einer Erinnerung und die Heiterkeit eines Versprechens. Waren sie dreißig oder sechzig Jahre alt? Andrés Haare waren früh weiß geworden: anfangs sah das kokett aus, dieser Schnee, der die matte Frische seines Teints unterstrich. Es war immer noch kokett. Die Haut war härter und faltiger geworden, altes Leder, aber das Lächeln um den Mund und die Augen hatte seine Ausstrahlung bewahrt. Obwohl das Fotoalbum etwas anderes zeigte, verschwamm sein heutiges Gesicht mit dem Bild seiner jungen Jahre: für Nicole war er alterslos. Sicher weil er nicht zu wissen schien, daß er ein Alter hatte. Er, der es früher so sehr geliebt hatte, zu laufen, zu schwimmen, zu klettern und sich im Spiegel zu betrachten, trug sorglos seine vierundsechzig Jahre. Ein langes Leben, mit Lachen, Weinen, Wut, Umarmungen, Geständnissen, Schweigen, Begeisterung, und manchmal scheint es, als wäre die Zeit nicht verflossen. Die Zukunft dehnt sich noch aus, endlos.

«Danke.»

Nicole fischte ein Bonbon aus dem Korb, eingeschüchtert von der Leibesfülle und dem harten Blick der Stewardeß, wie drei Jahre vorher von den Kellnerinnen in den Restaurants und den Zimmermädchen im Hotel. Keine Liebenswürdigkeit auf Bestellung, ein scharfes Bewußtsein ihrer Rechte, man konnte das nur billigen: aber in ihrer Gegenwart fühlte man sich schuldig, oder zumindest verdächtig.

«Wir landen», sagte sie.

Ein wenig ängstlich blickte sie auf den Erdboden, der näher kam. Eine endlose Zukunft, die in jedem Augenblick zerbrechen konnte. Sie kannte diese Stimmungswechsel gut, von seliger Sicherheit zu stechender Angst: der dritte Weltkrieg brach aus, André hatte Lungenkrebs – zwei Schachteln Zigaretten am Tag, das war zuviel, viel zuviel, oder das Flugzeug zerschellte am Boden. Das wäre eine gute Art abzutreten: gemeinsam und ohne Umstände; aber nicht so schnell, nicht jetzt. «Noch einmal gerettet», sagte sie sich, als die Räder ein bißchen heftig aufgesetzt hatten. Die Reisenden zogen ihre Mäntel über, suchten ihr Gepäck zusammen. Langes Warten, langes Auf-der-Stelle-Treten.

«Riechst du die Birken?» fragte André.

Es war sehr frisch, fast kühl draußen: sechzehn Grad, hatte die Stewardeß angesagt. Dreieinhalb Stunden Entfernung, wie nah, wie fern Paris war! Paris, das heute früh nach Asphalt und Gewitter roch, erdrückt von der ersten großen Hitze des Sommers: wie nah Philippe war, wie fern... Ein Bus brachte sie über einen Flugplatz, viel weitläufiger als der, auf dem sie 1963 gelandet waren, zu einem verglasten pilzförmigen Gebäude, wo die Pässe kontrolliert wurden. Am Ausgang wartete Mascha auf sie. Wieder wunderte sich Nicole, auf ihrem Gesicht die so unähnlichen Züge von Claire und André harmonisch vereint zu sehen. Zart, elegant, nur an der künstlichen Frisur war die Moskowiterin zu erkennen.

«War die Reise gut? Geht's Ihnen gut? Geht's dir gut?»

Sie duzte ihren Vater, siezte Nicole. Das war normal und zugleich seltsam.

«Geben Sie mir diese Tasche.»

Das war auch normal. Aber ein Mann trägt einem das Gepäck, weil man eine Frau ist; eine Frau tut es, weil sie jünger ist als man selbst, und man fühlt sich alt.

«Geben Sie mir die Gepäckkarten, und setzen Sie sich dorthin», verfügte Mascha. Nicole gehorchte. Alt. An der Seite Andrés vergaß sie es oft, aber tausend kleine Verletzungen erinnerten sie wieder daran. «Eine schöne junge Frau», hatte sie gedacht, als sie Mascha sah. Sie erinnerte sich, mit dreißig hatte sie gelächelt, wenn ihr Schwiegervater eben diese Worte über eine Vierzigjährige sagte. Auch ihr schienen jetzt die meisten Leute jung. Alt. Sie fand sich schwer damit ab (eine der wenigen Sachen, die sie André nicht anvertraute: diese verzweifelte Bestürzung). «Es gibt trotzdem Vorteile», sagte sie sich. Im Ruhestand, das hörte sich ein bißchen wie Ausschuß an. Aber es war angenehm, Ferien zu machen, wann man wollte; genauer gesagt, immer Ferien zu haben. In den heißen Schulklassen träumten die Kollegen jetzt von der Abreise. Und sie war schon abgereist. Sie suchte mit den Augen André, der neben Mascha in der Menge stand. In Paris ließ er sich von zu vielen Leuten in Beschlag nehmen. Spanische politische Gefangene, portugiesische Häftlinge, verfolgte Israelis, Rebellen aus dem Kongo, aus Angola, aus Kamerun, Guerillakämpfer aus Venezuela, Peru, Kolumbien – und andere, die ihr nicht einfielen –, er war immer bereit, ihnen nach Kräften zu helfen. Versammlungen, Demonstrationen, Meetings, Flugblätter, Delegationen, er übernahm alle Aufgaben. Er gehörte zu vielen Gruppen, Komitees. Hier würde ihn niemand beanspruchen. Sie kannten nur Mascha. Sie würden nichts zu tun haben, außer sich die Dinge gemeinsam anzusehen: Sie liebte es, mit ihm

Entdeckungen zu machen, liebte es, wenn die Zeit, erstarrt in der langen Monotonie ihres Glücks, ihre sprühende Neuheit wiederfand. Sie stand auf. Sie wollte schon auf der Straße sein, unterhalb der Mauern des Kremls. Sie hatte vergessen, wie lang in diesem Land das Warten dauern konnte.

«Kommt das Gepäck?»

«Es wird schon kommen», sagte André.

Dreieinhalb Stunden, dachte er. Wie nah Moskau war, und doch so fern! Bei dreieinhalb Stunden Entfernung Mascha so selten sehen? (Aber so viele Hindernisse, vor allem die Kosten der Reise.)

«Drei Jahre sind lang», sagte er. «Du findest sicher, daß ich alt geworden bin.»

«Überhaupt nicht. Du hast dich nicht verändert.»

«Du bist noch schöner geworden.»

Hingerissen sah er sie an. Man glaubt, nichts könne einem mehr passieren, man hat sich damit abgefunden (und es war nicht leicht gewesen, obwohl er sich nichts hatte anmerken lassen), und da verklärt eine ganz neue große Zärtlichkeit einem das Leben. Er hatte sich kaum für das kleine scheue Mädchen interessiert – sie hieß damals noch Maria –, das Claire für einige Stunden zu ihm brachte, aus Japan, aus Brasilien, aus Moskau. Sie war ihm fremd geblieben, die junge Frau, die nach dem Krieg nach Paris gekommen war, um ihm ihren Mann vorzustellen. Aber während der zweiten Reise Maschas, 1960, war etwas zwischen ihnen vorgefallen. Er verstand nicht recht, warum sie eine so heftige Zuneigung zu ihm entwickelt hatte; aber es hatte ihn aufgewühlt. Die Liebe, die Nicole ihm entgegenbrachte, blieb wach, aufmerksam, fröhlich; aber sie waren zu sehr aneinander gewöhnt, als daß André in ihr diese strahlende Lustigkeit hätte wecken können, die in diesem Moment das ein wenig ernste Gesicht Maschas verklärte.

«Kommt das Gepäck?» fragte Nicole.

«Es wird schon kommen.»

Warum ungeduldig werden? Hier hatten sie Zeit in Hülle und Fülle. In Paris war André hin und her gerissen zwischen den Verabredungen, gepeinigt vom Schwinden der Stunden, vor allem seit seiner Pensionierung: er hatte das Ausmaß seiner freien Zeit überschätzt. Aus Neugier, aus Bequemlichkeit hatte er sich eine Menge Verpflichtungen aufbürden lassen, von denen er sich nicht befreien konnte. Einen Monat lang würde er dem entgehen; er würde in dieser Sorglosigkeit leben können, die er so mochte, die er zu sehr mochte, denn aus ihr erwuchsen die meisten seiner Sorgen.

«Da sind unsere Koffer», sagte er.

Sie luden sie in Maschas Auto, und sie setzte sich ans Steuer. Sie fuhr langsam wie alle Leute hier. Auf der Straße roch es nach frischem Grün, Geschwader von Baumstämmen trieben auf der Moskwa, und André fühlte, wie ihn diese Rührung überkam, ohne die das Leben für ihn überhaupt keine Würze gehabt hätte: Ein Abenteuer begann, das ihn begeisterte und ihn erschreckte, das Abenteuer des Entdekkens. Erfolg haben, jemand sein, darum hatte er sich nie gekümmert. (Hätte seine Mutter sich nicht gebieterisch dafür aufgeopfert, daß er sein Studium fortsetzte, hätte er sich mit der Position seiner Eltern begnügt: Grundschullehrer unter der Sonne der Provence). Es schien ihm, als gehöre ihm die Wahrheit seiner Existenz und seiner selbst nicht: sie war undeutlich über die ganze Erde verstreut; um sie zu kennen, mußte man die Jahrhunderte und die Orte befragen; deshalb liebte er die Geschichte und das Reisen. Aber während er voll Heiterkeit die Vergangenheit erforschte, wie die Bücher sie wiedergeben, wurde ihm schwindelig, wenn er sich einem unbekannten Land näherte, denn in seiner lebendigen Vielfalt übertraf es alles, was er darüber wissen konnte. Dieses hier stand ihm näher als jedes andere. Er war in der Verehrung

Lenins aufgewachsen; mit 83 Jahren war seine Mutter noch in der Kommunistischen Partei aktiv; er war nicht eingetreten; aber während des Wechselbades von Hoffnung und Verzweiflung hatte er immer geglaubt, daß die UdSSR die Schlüssel der Zukunft, also der Epoche und seines eigenen Schicksals, besaß. Doch niemals, nicht einmal in den düstersten Jahren des Stalinismus, hatte er den Eindruck gehabt, sie so schlecht zu verstehen. Würde sein Aufenthalt hier einiges klären? 1963 waren sie als Touristen – die Krim, Sotschi – gereist, oberflächlich. Diesmal würde er Fragen stellen, für sich die Zeitungen lesen lassen, sich unter die Menge mischen. Das Auto fuhr in die Gorkistraße. Die Leute, die Läden. Würde er es schaffen, sich wie zu Hause zu fühlen? Die Vorstellung, er könne scheitern, versetzte ihn in Panik. «Ich hätte ernsthafter Russisch lernen sollen!» sagte er sich. Noch eine Sache, die er sich vorgenommen und die er nicht getan hatte: er war nicht über die sechste Unterrichtsstunde der Methode Assimil hinausgekommen. Mit Recht nannte Nicole ihn einen alten Faulenzer. Lesen, reden, herumspazieren, dafür war er immer zu haben. Aber die undankbaren Arbeiten – Vokabeln lernen oder eine Kartei anlegen –, da sträubte er sich. Deshalb hätte er sich diese Welt nicht so sehr zu Herzen nehmen sollen. Zu ernst, zu leichtfertig. «Das ist mein Widerspruch», sagte er sich fröhlich. (Das hatte ihn entzückt, dieser Ausdruck eines italienischen Genossen, der überzeugter Marxist war und seine Frau unterdrückte.) In Wirklichkeit fühlte er sich überhaupt nicht unwohl in seiner Haut.

Der Bahnhof, in provozierendem Grün: dem Moskowiter Grün. («Wenn du das nicht magst, magst du Moskau nicht», hatte André vor drei Jahren gesagt.) Die Gorkistraße. Das Hotel Peking: eine bescheidene Hochzeitstorte, wenn man es mit den gigantischen und überladenen Bauten verglich, von denen die Stadt strotzte und die angeblich vom Kreml beeinflußt waren. Nicole erinnerte sich an alles. Und als sie aus dem Auto gestiegen war, erkannte sie den Geruch Moskaus wieder, den Benzingeruch, der noch stärker war als 1963, sicher weil die Autos viel zahlreicher waren: vor allem die Laster und die Lieferwagen. Drei Jahre schon? sagte sie sich, als sie in die große kahle Halle traten. (Ein graues Tuch lag über der Auslage der Zeitungsverkäuferin; an der Tür zum Restaurant – übertriebene chinesische Aufmachung – standen Leute Schlange.) Wie schnell sie vergangen waren, es war beängstigend. Wievielmal drei Jahre blieben ihr noch zu leben? Nichts hatte sich verändert; außer daß für Ausländer – Mascha hatte sie vorbereitet – die Zimmer, die früher spottbillig waren, jetzt dreimal soviel kosteten. Die Aufsichtsperson der dritten Etage gab ihnen einen Schlüssel. Auf der ganzen Strecke des langen Korridors fühlte Nicole ihren Blick im Nacken. Vor den Fenstern des Zimmers hingen Gardinen, das war ein Glück, oft waren in den Hotels die Fensterscheiben nackt. (Bei Mascha keine richtigen Gardinen, nur leichter Tüll. Man gewöhnt sich daran, sagte sie; vollkommene Dunkelheit hätte sie sogar beim Schlafen gestört.) Unten war die große Avenue fertig gebaut; die Autos verschwanden in einem Tunnel unter dem Majakowskij-Platz. Die Menge auf den Bürgersteigen hatte sommerliche Farben: Es war Juni, sie bildeten sich ein, es wäre warm.

«Hier sind Sachen für Sie», sagte Nicole zu Mascha, während sie anfing, ihren Koffer auszupacken.

Einige neue Romane, Pléiade-Ausgaben, einige Platten. Und auch Cardigans, Strümpfe, Blusen: Mascha mochte schöne Kleidung. Jauchzend betastete sie die Wolle, die Seide, verglich die Farben. Nicole ging ins Badezimmer. Noch ein glücklicher Zufall: die beiden Hähne und die Wasserspülung funktionierten. Sie zog sich um und frischte ihr Make-up auf.

«Was für ein hübsches Kleid!» sagte Mascha.

«Ich mag es.»

Ihre Kleidung war ihr, als sie fünfzig war, immer entweder zu trist oder zu lustig erschienen. Jetzt wußte sie, was ihr erlaubt oder verboten war, sie kleidete sich problemlos. Auch ohne Vergnügen. Diese intime, fast zärtliche Beziehung, die sie früher zu ihrer Kleidung gehabt hatte, existierte nicht mehr. Sie hängte ihr Kostüm in den Schrank: obwohl sie es schon zwei Jahre trug, war es ein gleichgültiger, unpersönlicher Gegenstand, an dem sie nichts von sich selbst wiederfand. Unterdessen lächelte Mascha im Spiegel; sie lächelte nicht die hübsche Bluse an, die sie gerade angezogen hatte, sondern eine Verkörperung ihrer selbst, unerwartet und verführerisch. Ja, ich erinnere mich, sagte sich Nicole.

«Ich habe einen Tisch im Praga reservieren lassen», sagte Mascha.

Sie hatte sich daran erinnert, daß es Nicoles Lieblingsrestaurant war: so zuvorkommend, und ein genauso gut organisiertes Gedächtnis wie meins. Nicole verstand die Zuneigung, die André für Mascha empfand. Um so mehr, als er sich immer ein Mädchen gewünscht hatte, er hatte es Philippe ein bißchen übelgenommen, daß er ein Junge war.

In zehn Minuten hatte Mascha sie zum Praga gefahren. Sie gaben ihre Mäntel an der Garderobe ab, ein unumgänglicher Ritus: verboten, mit einem umgehängten oder über den Arm gelegten Mantel ein Restaurant zu betreten. Sie setzten sich in einen Eßraum mit Fliesen, voller Palmen und Grünpflanzen; eine große veilchenblaue Landschaft bedeckte eine ganze Wand.

«Wieviel Wodka?» fragte Mascha. «Ich fahre Auto, ich trinke nicht.»

«Bestell trotzdem dreihundert Gramm»*, sagte André. Sein Blick suchte den Nicoles. «Am ersten Abend?»

* Dies ist das in Rußland übliche Maß für Wodka.

«Gut, am ersten Abend», sagte sie lächelnd.

Er neigte dazu, genauso zu trinken, wie er rauchte: unmäßig; beim Tabak hatte sie es aufgegeben zu kämpfen, aber beim Alkohol schaffte sie es, ihn zu mäßigen.

«Am ersten Abend lasse ich meine Diät sausen», sagte sie. «Ich werde Kaviar und eine Geflügelsuppe nehmen.»

«Sie machen eine Diät?»

«Ja, seit sechs Monaten. Ich hatte zugenommen.»

Vielleicht aß sie mehr als vor ihrer Pensionierung; auf jeden Fall verausgabte sie sich weniger. Philippe hatte eines Tages zu ihr gesagt: «Na sag mal: du wirst dick.» (Er schien allerdings nicht bemerkt zu haben, daß sie seitdem dünner geworden war.) Und gerade in diesem Jahr wurde in Paris dauernd davon geredet, wie man seine Figur behalten oder wiederfinden kann: kalorienarme Ernährung, Kohlehydrate, Wunderpillen.

«Sie haben eine sehr gute Figur», sagte Mascha.

«Ich habe fünf Kilo abgenommen. Und ich passe auf, daß ich nicht wieder zunehme. Ich wiege mich jeden Tag.»

Sie hätte sich nicht vorstellen können, früher, daß sie sich je um ihr Gewicht kümmern würde. Und doch! Je weniger sie sich in ihrem Körper wiedererkannte, desto mehr fühlte sie sich gezwungen, sich mit ihm zu beschäftigen. Er war ihr anvertraut, und sie pflegte ihn hingebungsvoll und gelangweilt, wie einen alten, ein wenig mißgestalteten, ein wenig geschwächten Freund, der sie brauchte.

«Philippe heiratet also», sagte Mascha. «Wie ist seine Verlobte?»

«Hübsch, intelligent», sagte André.

«Sie gefällt mir überhaupt nicht», sagte Nicole.

Mascha lachte auf: «Wie Sie das gesagt haben! Ich habe noch nie eine Schwiegermutter gesehen, der ihre Schwiegertochter gefallen hätte.»

«Sie gehört zur Sorte *femme totale*», sagte Nicole. «Es gibt jetzt viele davon in Paris. Man hat irgendeinen Beruf, man will sich gut anziehen, Sport treiben, sein Heim tadellos führen, seine Kinder vortrefflich aufziehen; man will sich beweisen, daß man es auf allen Gebieten schaffen kann. Tatsächlich aber verzettelt man sich, bringt nichts zustande. Das Blut erstarrt mir in den Adern bei dieser Art von jungen Frauen.»

«Du bist ein bißchen ungerecht», sagte André.

«Vielleicht.»

Wieder fragte sie sich: warum Irène? Ich dachte, wenn er heiraten würde... Ich dachte, er würde nicht heiraten, er würde der kleine Junge bleiben, der mir, wie alle kleinen Jungen es tun, gesagt hatte: «Wenn ich groß bin, heirate ich dich.» Und eines Abends hatte er gesagt: «Ich habe eine große Neuigkeit für dich!» und dabei etwas überdreht ausgesehen, wie ein Kind, das an einem Festtag zuviel gespielt, zuviel gelacht, zuviel geschrien hat. Und in Nicoles Brust hatte es diesen Gongschlag getan, das Blut war ihr in die Wangen geschossen, sie hatte all ihre Kraft aufgeboten, um zu verhindern, daß ihre Lippen zitterten. Ein Abend im Februar, zugezogene Vorhänge, Lampenlicht auf dem Regenbogen der Kissen, und dieser Abgrund von Abwesenheit, der sich plötzlich auftat: «Er wird mit einer anderen leben, woanders.» Nun ja! Ich muß mich damit abfinden, sagte sie sich. Der Wodka war eisgekühlt, der Kaviar samtig grau, Mascha gefiel ihr, sie würde André einen Monat lang für sich haben. Sie fühlte sich vollkommen glücklich.

Er fühlte sich vollkommen glücklich in seinem Sessel zwischen den beiden Betten. Mascha hatte sich auf dem einen, Nicole auf dem anderen niedergelassen. (1963 war Jurij auf einer archäologischen Forschungsreise gewesen, er hatte Wassilij mitgenommen, Maschas Wohnung war leer. Dieses Jahr war das Hotelzimmer die einzige Möglichkeit, den Abend allein mit ihr verbringen zu können.)

«Ich habe es mir so eingerichtet, daß ich den ganzen Monat über frei bin», sagte Mascha.

Sie arbeitete in einem Verlag, der in Moskau klassische russische Literatur auf Französisch und zeitgenössische Texte in einer für das Ausland bestimmten Zeitschrift veröffentlichte. Sie übersetzte, aber sie war auch Lektorin, wählte aus, machte Vorschläge.

«Wir könnten am Ende der Woche nach Wladimir fahren», griff sie den Faden wieder auf. «Drei Autostunden.»

Sie diskutierte mit Nicole: Nowgorod, Pskow, Rostow, Leningrad. Nicole hatte Lust herumzufahren, gut, sie war vor allem mit in die UdSSR gekommen, um André eine Freude zu machen, er wollte, daß es für sie eine angenehme Reise würde. Er sah sie an, und es wurde ihm warm ums Herz. Mascha hatte viel mehr Gemeinsamkeiten mit Nicole als mit Claire, dieser hübschen dummen Gans, die es zum Glück genauso eilig hatte wie er, sich scheiden zu lassen, nachdem ihr Kind ehelich geboren war. Er war froh, daß sie sich so gut verstanden: die beiden Menschen, die er auf der Welt am meisten liebte. (Philippe gegenüber hatte er sich nie von einer gewissen Eifersucht freimachen können. Er war zu oft nur der Dritte im Bunde zwischen Nicole und ihm.) Nicole. Sie zählte viel stärker als Mascha. Aber in deren Gegenwart hatte er dies Gefühl, das er ohne sie nie mehr gehabt hätte: ein romantisches Gefühl. Abenteuer, nichts verbot ihm, noch neue zu haben. Nicole hatte eines schönen Tages verkündet, sie finde, sie sei zu alt für die Freuden des Bettes. (Absurd, er liebte sie heute genauso vorbehaltlos wie früher.) Sie hatte ihm also seine Freiheit zurückgegeben. Tatsächlich wäre sie wohl noch zu Eifersuchtsanfällen fähig gewesen, aber sie hatten nicht mehr genügend Zeit zu leben, um sie mit Zank zu vertun. Und außerdem gefiel ihm trotz Gymnastik und einer strengen Kontrolle sein Körper nicht mehr, er war kein Geschenk, das man einer Frau hätte machen können. Er litt nicht unter seiner Enthaltsamkeit (außer wenn er darüber nachdachte und in dieser Gleichgültigkeit ein Zeichen des Alters sah). Aber er war nicht gerade froh, wenn er dachte: «Es ist aus. Das Leben hält für mich nichts Unvorhergesehenes mehr bereit.» Und dann war Mascha gekommen, war Mascha da.

«Wird dein Mann nicht böse sein, wenn wir dich entführen?» fragte er.

«Jurij ist nie böse», sagte Mascha gutgelaunt.

Nach dem Gespräch zu urteilen, das sie im Praga hatten, schien sie für Jurij eher Freundschaft als Liebe zu empfinden; aber schließlich war es ein Glück, daß er ihr ungefähr zusagte: sie hatte aus einer plötzlichen Laune heraus geheiratet, um in der UdSSR bleiben zu können, angewidert von dem Milieu, in dem ihre Mutter und ihr Stiefvater lebten, und von der kapitalistischen Welt im allgemeinen. Dies Land war ihres geworden: daher rührte zum Teil das Prestige, das sie in den Augen Andrés besaß.

«Wie sieht dieses Jahr die Lage im Kulturbereich aus?»

«Wie immer: wir kämpfen», sagte Mascha.

Sie gehörte zum Lager, das sie liberal nannte und das gegen den Akademismus, den Dogmatismus, die Überreste des Stalinismus kämpfte.

«Und ihr gewinnt?»

«Manchmal. Es geht das Gerücht, gewisse Wissenschaftler hätten vor, die sakrosankte Vorstellung von der Dialektik der Natur* zu zerschlagen; das wäre ein großer Sieg.»

«Es ist gut, wenn man etwas hat, wofür man kämpft», sagte er.

* Die auf Friedrich Engels zurückgehende Vorstellung, wonach die Gesetze der Dialektik (z. B. Einheit und Kampf der Widersprüche, Negation der Negation) nicht nur eine Methode des Begreifens bezeichnen, sondern die objektive Welt, die Bewegung der Geschichte und der Natur, regeln. Im Stalinismus wurde diese Auffassung zur herrschenden Lehre und brachte seltsame Auswüchse hervor.

«Du kämpfst auch», sagte Nicole heftig.

«Nein. Nicht seit dem Algerienkrieg. Ich versuche, gefällig zu sein, das ist nicht dasselbe. Obendrein ist es meist vergeblich.»

Seit 1962 hatte er jeden Einfluß auf die Welt verloren, und deshalb war er vielleicht so hyperaktiv: weil es keine Aktion mehr gab. Seine Ohnmacht – die der ganzen französischen Linken – stimmte ihn manchmal düster. Vor allem beim Aufwachen: statt aufzustehen, vergrub er sich dann in die Dekken, zog sich das Laken über den Kopf, bis er sich an eine dringende Verabredung erinnerte und aus dem Bett sprang.

«Aber warum tust du's dann?» sagte Mascha.

«Ich sehe keinen Grund, es nicht zu tun.»

«Du könntest für dich arbeiten. Diese Artikel, von denen du vor drei Jahren gesprochen hast...»

«Ich habe sie nicht geschrieben. Nicole wird dir sagen, daß ich ein alter Faulenzer bin.»

«Aber nein!» sagte Nicole. «Du lebst, wie du Lust hast. Warum sich zu etwas zwingen?»

War sie wirklich dieser Meinung? Sie quälte ihn nicht mehr wie früher, sicher weil sie es überdrüssig war. Sie hätte nicht soviel Wert auf die Doktorarbeit ihres Sohnes gelegt, wenn sie nicht von ihrem Mann ein bißchen enttäuscht gewesen wäre. Nichts zu machen.

«Das ist aber schade», sagte Mascha.

Ein Echo wiederholte in ihm: das ist schade. Mit Nicoles Gram hatte er sich abgefunden. Aber Mascha hätte er gern ein anderes Bild von sich geboten als das eines alten Pensionärs, der nichts tat. Er hatte zu gewissen Ereignissen der Zeit Gedanken gehabt, die Nicole interessant fand. Mehrfach hatte er sich vorgenommen, sie zu vertiefen. Doch die Gegenwart verschlang ihn; er wollte sich nicht der Vergangenheit zuwenden, bevor er nicht die Welt von heute völlig verstanden hatte: und wieviel Zeit kostete es, sich auf dem laufenden zu halten! Trotzdem würde der Tag kommen, an dem dies Erkunden beendet wäre, so hatte er geglaubt, und er die voller Begeisterung entworfenen und – vorübergehend – aufgegebenen Pläne aufgreifen würde. Der Tag war nicht gekommen, würde nicht kommen. Er wurde sich heute dessen bewußt: die Aufgabe war unendlich. Von Jahr zu Jahr war er besser informiert und doch immer unwissender. Die Unklarheiten, die Schwierigkeiten, die Widersprüche vermehrten sich um ihn herum. China kam ihm viel undurchdringlicher vor als 1950. Die Außenpolitik der UdSSR verwirrte ihn.

«Es ist nicht zu spät», fuhr Mascha mit ermutigender Stimme fort, weil er anscheinend fürchtete, ihr Kummer bereitet zu haben.

«Nein, es ist nicht zu spät», sagte er lebhaft.

Es war zu spät, er würde sich nicht ändern. In Wirklichkeit hätte er sich über seine Zeit informieren und gleichzeitig ein Phänomen der Geschichte vertiefen können, wenn er es geschafft hätte, sich wie Philippe Disziplin aufzuerlegen. Nur widerstrebte ihm jeder Zwang, vielleicht weil er in der Kindheit zuviel davon ertragen mußte. Er hatte immer noch Vorliebe fürs Schule-Schwänzen, für Streiche – die so streng bestraft wurden und um so wonnevoller waren. Er hatte sich seine Faulheit niemals ernsthaft vorgeworfen: sie entsprang seiner Zugewandtheit zur Welt, seinem Wunsch, offenzubleiben. In Maschas Gegenwart schien sie ihm plötzlich als etwas anderes: eine Angewohnheit, eine Routine, ein Makel, der ihn unauslöschlich kennzeichnete. Er hatte sich ihr gefügt, er strahlte sie aus: und jetzt konnte er sie nicht mehr überwinden, selbst wenn er es gewollt hätte.

«Es ist rührend, wie Mascha an dir hängt», sagte Nicole, als sie wieder allein waren.

«Ich frage mich, warum», sagte er. «Ich glaube, Jurij ist für sie eher ein Freund als eine Stütze. Sie hat sich einen Vater gewünscht. Als sie 1960 nach Paris kam, war sie entschlossen, mich zu lieben.»

«Sei nicht so bescheiden», sagte Nicole lachend. «Ich liebte dich, ohne es beschlossen zu haben.»

«Ich war jung.»

«Du bist nicht alt geworden.»

Er protestierte nicht. Nicole schien sich ihres Alters nicht bewußt zu sein; er redete nicht über seines; aber er dachte oft daran, voller Empörung. Lange Zeit hatte er es – unaufrichtig, leichtsinnig, und indem er sich etwas vormachte – abgelehnt, sich als erwachsen zu betrachten. Dieser Professor, dieser Familienvater, dieser Fünfzigjährige war nicht wirklich er. Und nun schloß sich das Leben hinter ihm; weder die Vergangenheit noch die Zukunft boten ihm ein Alibi. Er war sechzig, ein alter Pensionär, der nichts geschafft hatte. Egal. Das Bedauern, das ihn gestreift hatte, war schon verflogen. Als Professor an der Sorbonne, als bekannter Historiker hätte er das Gewicht dieses anderen Lebens hinter sich herzuziehen, und es wäre für ihn nicht leichter. Der Skandal ist, daß man sich als definiert, festgelegt, gemacht erfährt, daß die flüchtigen Augenblicke sich addieren und um einen herum mineralische Ablagerungen bilden, in denen man wie in einer Falle steckt. Er küßte Nicole und legte sich ins Bett. Die Träume: zumindest das blieb. Er legte sein Gesicht auf das Kopfkissen. Er genoß es zu fühlen, wie er in den Schlaf glitt. Radikaler als jedes Buch, als jeder Film versetzten seine Träume ihn in die Ferne. Ihre Willkürlichkeit entzückte ihn. Außer in den widerlichen Alpträumen, in denen ihm alle Zähne im Mund zerbröckelten, hatte er in seinen Träumen kein Alter, war er der Zeit entzogen. Sicher bezogen sie sich auf seine Geschichte, blühten sie auf dem Boden seiner Vergangenheit auf: aber auf eine für ihn geheimnisvolle Weise; und sie verlängerten sich nicht in die Zukunft hinein, er vergaß sie: reine Gegenwart. Von Nacht zu Nacht vergingen sie, tauchten auf, ohne sich anzusammeln: ewige Neuheit.

«Ich würde trotzdem gern verstehen, warum man Ausländern verbietet, mit dem Auto nach Wladimir zu fahren», sagte André.

Der Zug fuhr schnell, ohne zu rütteln; nur kehrten alle Sitze des Waggons der Lokomotive den Rücken zu, und Nicole konnte nicht gegen die Fahrtrichtung sitzen, ohne daß sich ihr der Magen umdrehte. (Was für eine Blamage, damals, als sie mit den Knaben wetteiferte, was Gesundheit, Kraft, Ausdauer anging!) Sie hockte kniend auf ihrem Sitz, zu André und Mascha gewandt: auf die Dauer war es ermüdend.

«Versteh, daß es nichts zu verstehen gibt», sagte Mascha. «Die Straße ist gut; die Dörfer, durch die man fährt, gedeihen. Es ist die Absurdität der Bürokratie, auf einem alten Untergrund von Mißtrauen gegenüber Ausländern.»

«Freundlichkeit und Mißtrauen: eine seltsame Mischung», sagte Nicole.

Das hatte sie 1963 verwirrt. In den Schlangen – vor dem Mausoleum, im Kaufhaus Gum, am Eingang der Restaurants – genügte ein Wort Maschas, und die Leute machten Platz und ließen sie vorbeigehen. Auf der Krim waren sie jedoch überall auf Verbote gestoßen: die Ostküste, Sebastopol waren für Ausländer verboten. Intourist hatte behauptet, die Gebirgsstraße, die Jalta und Simferopol verbindet, würde gerade ausgebessert: aber man hatte Mascha vertraulich mitgeteilt, tatsächlich sei sie nur für Ausländer gesperrt.

«Bist du nicht zu müde?» fragte André.

«Es geht.»

Sie war ein bißchen gerädert; aber sie vergaß es, während sie das Land vorüberfliehen sah, weit und ruhig, gemildert vom Licht einer Sonne, die nicht untergehen wollte. Sie hatte vier schöne Tage verbracht. Moskau hatte sich ein bißchen verwandelt; war eher häßlicher geworden. (Schade, daß Veränderungen fast immer zum Schlechten ausschlagen, bei Orten genauso wie bei Leuten.) Man hatte Avenuen gezogen und alte Viertel zerstört. Der Rote Platz war für Autos gesperrt und schien größer und feierlicher: ein heiliger Ort. Hinter der Sankt-Basilius-Kirche, die sich früher bis in den Himmel erhob, versperrte jetzt leider ein riesiges Hotel den Horizont. Dennoch: Nicole hatte voll Freude die Kirchen des Kremls wiedergesehen, ihre Ikonen, die der Museen; es blieben noch viele alte Häuser, die sie entzückten, vor allem abends, wenn man durch die Fensterscheiben und ein Dickicht von Grünpflanzen das warme Licht eines alten Lampenschirms aus rosa oder orangefarbener Seide mit Quasten sah.

«So, das ist Wladimir», sagte Mascha.

Sie brachten ihre Koffer zum Hotel. Es war zu spät, um dort zu Abend zu essen. Mascha hatte beschlossen, im Freien zu picknicken. Am noch rosaroten Himmel war der Mond aufgegangen, kreisrund. Sie folgten einem Weg, der an den Mauern des Kremls entlangführte: zu ihren Füßen ein Fluß, der Bahnhof, ein Geflimmer von Lichtern. Sie durchquerten einen Park, in dem eine Kirche stand, es roch nach Phlox und Petunien; verliebte Paare umarmten sich auf den Bänken.

«Wir könnten hierbleiben», sagte Nicole.

«Ein bißchen weiter ist es besser», sagte Mascha.

Sie befahl, sie gehorchten; Nicole amüsierte sich darüber, weil sie nicht gewohnt war zu gehorchen.

Sie gingen weiter und betraten einen anderen Park, der eine andere Kirche umgab.

«Setzen wir uns dort», sagte Mascha. «Das ist die schönste Kirche von Wladimir.»

Schlank, hoch aufgeschossen, gekrönt von einer einzelnen goldenen Zwiebel, hatte sie ein weißes Gewand, das auf halber Höhe von feinen Stickereien bedeckt war. Sie strahlte vor Einfachheit. Sie setzten sich, und Mascha holte den Proviant heraus.

«Ich esse nur zwei harte Eier», sagte Nicole.

«Haben Sie keinen Hunger?»

«Doch. Aber ich will nicht dick werden.»

«Ach, lassen Sie das nicht zur Manie werden», sagte Mascha. «Sie müssen etwas mehr essen!»

Über die schroffe und entrüstete Stimme von Mascha mußte Nicole lächeln: niemand redete mit ihr in diesem Ton. Sie biß in eine Pirogge.

«Sind Jurij und Wassilij genauso folgsam wie ich?»

«Sie sind ziemlich folgsam», sagte Mascha fröhlich.

«Versuchen Sie doch mal, Ihren Vater einzuschüchtern: sagen Sie ihm, daß er bei vierzig Zigaretten pro Tag Gefahr läuft, Lungenkrebs zu bekommen.»

«Laßt mich in Frieden, ihr beiden», sagte André in verbindlichem Ton.

«Es stimmt, du rauchst zuviel», sagte Mascha.

«Reich mir doch den Wodka.»

Mascha füllte die Pappbecher, und eine Weile lang aßen und tranken sie schweigend.

«Sie ist schön, diese Kirche», sagte André mit Bedauern in der Stimme. «Ich sehe sie intensiv an; und ich weiß, in einer Woche werde ich mich nicht mehr an sie erinnern.»

«Ich auch nicht», sagte Nicole.

Ja, sie würde die weiße und goldene Kirche vergessen, sie hatte so vieles vergessen!

Diese Wißbegierde, die sie sich fast vollkommen bewahrt hatte, schien ihr oft nur ein schrulliges Überbleibsel: wozu, wo doch die Erinnerungen zu Staub zerfallen? Der Mond schien, und auch der kleine Stern, der ihn treu begleitet, und Nicole wiederholte sich die hübschen Verse aus *Aucassin et Nicolette*: «Étoilette, je te vois – que la lune trait à soi»*: Das

* «Kleiner Stern, ich seh dich – den der Mond zieht an sich»; *Aucassin et Nicolette*: Anonyme pikardische Liebeserzählung aus dem frühen 13. Jahr-

ist der Vorteil der Literatur, sagte sie sich: man trägt die Worte mit sich herum. Die Bilder verblassen, verzerren sich, verschwinden. Aber die alten Worte fand sie auf ihrer Zunge wieder, so wie sie geschrieben worden waren. Sie verbanden sie mit den früheren Jahrhunderten, in denen die Sterne genau wie heute glänzten. Diese Wiedergeburt und diese Dauerhaftigkeit gaben ihr ein Gefühl von Ewigkeit. Die Erde hatte sich abgenutzt; jedoch gab es Augenblicke, da erschien sie frisch wie in den Urzeiten, und die Gegenwart genügte sich selbst. Nicole war hier, sie sah die Kirche an: ohne einen Grund, nur um sie zu sehen. Von einigen Schluck Wodka erwärmt, fand sie, daß diese Losgelöstheit einen schmerzlichen Reiz hatte.

Sie gingen zurück. Keine Gardinen vor den Fenstern, aber Nicole band sich einen Schal um den Kopf und schlief schnell ein. Rührung beim Aufwachen. Im lichtdurchfluteten Zimmer lag er zusammengekauert auf dem Bett, er hatte die Augen verbunden wie ein zum Tode Verurteilter, die Hand in einer kindlichen Geste gegen die Wand gestützt, als ob er in der Fassungslosigkeit des Schlafes die Festigkeit der Welt hätte spüren müssen. Wie oft hatte sie sich an den Rand des Bettes gesetzt – wie oft würde sie sich dort noch hinsetzen –, wie oft hatte sie die Hand auf seine Schulter gelegt und ihn leicht geschüttelt. Manchmal murmelte er: «Guten Morgen, meine kleine Mama», und dann regte er sich und lächelte verwirrt. Sie legte die Hand auf seine Schulter.

«Ich will euch etwas zeigen», sagte Mascha und stieß die Tür einer Kirche auf. Sie führte sie durch den Halbschatten: «Seht, was man mit Ausländern macht.»

hundert; eine «Chantefable», in der Prosaabschnitte mit Liedern abwechseln.

Das Fresko stellte das Jüngste Gericht dar. Rechts Engel, Auserwählte in langen zeitlosen Gewändern; links, der Hölle geweiht, Franzosen in der typischen Kleidung der Zeit, schwarze Überröcke, Kniehosen, Spitzenkragen, Spitzbart; hinter ihnen Moslems mit Turban.

«Wahrhaftig, es hat Tradition», sagte Nicole.

«Tatsächlich», sagte Mascha, «war Rußland mit Ausnahme seltener Phasen weit zum Westen hin geöffnet. Aber gewisse Kreise waren ihm immer feindlich gesonnen, vor allem in der Kirche. Vergeßt nicht, diese Leute sind als Ungläubige und nicht wegen ihrer Nationalität verdammt.»

«In der Praxis läuft es auf dasselbe hinaus», sagte André.

Er war schlecht gelaunt, heute früh. Der Tag vorher war reizend gewesen. Er mochte Wladimir, die Kirchen, die Fresken von Rublow, und es war ihm egal, ob er schlecht aß, seine Mutter hatte ihn gut erzogen. Aber die Diskussion, die er mit Mascha begonnen hatte, irritierte ihn. Bis dahin war er fest davon überzeugt gewesen, daß sie seine Ansichten teilte.

«Er wird nicht leicht zu beseitigen sein, euer Nationalismus», nahm er den Faden wieder auf, als sie aus der Kirche kamen. «Im Grunde hast du mir erklärt, daß ihr kein revolutionäres Land mehr seid und daß das sehr gut so ist.»

«Überhaupt nicht. Wir haben die Revolution gemacht, und sie steht nicht in Frage. Aber ihr in Frankreich wißt nicht, was Krieg bedeutet. Wir wissen es. Wir wollen keinen Krieg.»

Maschas Stimme klang zornig, und auch André fühlte sich gereizt.

«Niemand will Krieg. Ich sage nur, wenn ihr Amerika freie Hand laßt, wenn ihr die Eskalation nicht bremst, dann ist Krieg zu befürchten. München* hat nichts verhindert.»

* Mit dem Münchner Abkommen von September 1938 erfüllten Frankreich und Großbritannien die nationalsozialistischen Forderungen und spra-

«Du glaubst, wenn wir die amerikanischen Stützpunkte bombardieren, werden die USA nicht antworten? Dieses Risiko werden wir nicht eingehen.»

«Wenn sie China angreifen, werdet ihr euch auch nicht rühren?»

«Ach! Fangt nicht schon wieder an», sagte Nicole. «Seit zwei Stunden streitet ihr euch: keiner von beiden wird den andern überzeugen.»

Sie gingen eine Weile und schwiegen. Die Straßen waren voller Leute. Es war Birkenfest, sicher ein Ersatz für Fronleichnam. Leute hatten bis Mitternacht in einem großen Tanzlokal unter freiem Himmel getanzt (weder Tische noch Stühle, nur eine umzäunte Tanzfläche). Am frühen Morgen waren auf der Hauptstraße Lastwagen vorbeigefahren, auf denen Mädchen in weißen Kleidern und Jungen mit roten Krawatten standen und Birkenzweige in der Hand hielten. Sie sangen. Im Park war ein Pavillon in ein Buffet verwandelt worden: draußen standen kleine Tische, im Innern große, auf denen sich Kuchen und Brötchen türmten.

«Setzen wir uns und essen etwas», schlug Mascha vor.

«Ach ja! Wenn es was zu essen gibt, essen wir», sagte Nicole.

Am Vortag, in Wladimir, hatte Mangel geherrscht. Im Restaurant gab es weder Fisch noch Lamm, noch Geflügel, weder Gemüse noch Früchte: nur Ragout, das Nicole und Mascha ungenießbar fanden. Das Brot, das weder schwarz noch weiß war, schmeckte nach Kleister. Vor dem Hotel standen Leute nach Pfannkuchen Schlange, an denen man sich die

chen Deutschland die sudetendeutschen Gebiete zu, um den Frieden zu retten. Es folgten Verfolgung und Vertreibung von Tschechen aus diesen Gebieten und die Besetzung der böhmischen Länder als eigentlicher Beginn des Krieges.

Zähne ausbiß. Und nun traten heute früh Frauen aus dem Pavillon und waren mit Brezel-Girlanden und Körben voll Essen beladen. Sie bestellten Kuchen und Sandwiches mit Eiern und Käse, die ausgezeichnet waren.

«In der Stadt nichts zu essen, und hier dieser Überfluß, wie kommt das?» fragte André.

«Ich habe dir gesagt, man sollte nicht versuchen zu verstehen», sagte Mascha.

Ihrer Meinung nach durfte man sich über keinen Widerspruch, keine Absurdität wundern. Immer noch lastete auf dem Land ein verkalkter bürokratischer Apparat, der für ungeheure Vergeudung und lähmende Maßnahmen verantwortlich war. Die Regierung versuchte mit allen Mitteln, diese Trägheit zu bekämpfen; aber es würde Zeit kosten, sie zu überwinden.

«Erinnere dich an die Geschichte mit den Schulstühlen», fuhr sie fort.

Am Morgen vorher hatte sie sich beim Verlassen des Hotels vor Lachen geschüttelt, wegen einer Sendung, die sie in Wladimir im Radio gehört hatte. Eine Fabrik stellte Stuhllehnen her, eine andere die Sitze, eine dritte baute sie zusammen. Aber einerseits waren immer entweder die Sitze oder die Lehnen knapp; andererseits brach eins von beiden zusammen, wenn man versuchte, die beiden Teile zu montieren. Nach vielem Hin und Her, Untersuchungen, Kontrollen, Berichten, war man zu dem Schluß gekommen, daß das Montageverfahren fehlerhaft war. Aber man mußte eine endlose administrative Strecke durchlaufen, ehe eine Änderung genehmigt werden konnte. «Es ist die reine Absurdität», hatte Mascha gesagt, wobei sie darauf hinwies, daß die Verbreitung dieser Geschichte durchs Radio Teil des antibürokratischen Kampfes war. Sie urteilte in voller Freiheit über das Regime, sie war kritisch, ihr Urteil nuanciert. Wenn sie die Außenpolitik billigte, so nicht aus blinder Gefolgschaft, was André um so mehr irritierte. Aber er wollte nicht wieder darüber reden, nicht jetzt. Er blickte auf die Menge um ihn herum: die Gesichter strahlten vor Fröhlichkeit, als ob die Leute vollkommen freiwillig an diesen Umzügen, an diesen Feierlichkeiten, an diesem ganzen Fest teilnehmen würden. Jedoch wirkten sie streng gelenkt, sie folgten Weisungen. Fröhlichkeit und Disziplin: das ist kein Widerspruch. Aber er hätte gerne gewußt, wie man das vereinbarte. Sicher auf unterschiedliche Weise je nach Alter und Lebensbedingungen. Wenn er nur verstehen würde, was sie redeten!

«Du solltest uns Russisch beibringen», sagte er zu Mascha.

«O nein!» sagte Nicole. «Ich kann nicht einmal das Alphabet. Was kann ich schon in einem Monat lernen? Aber lern du nur, wenn es dir Spaß macht», fügte sie hinzu.

«Du wirst dich währenddessen langweilen.»

«Aber nein, ich werde lesen.»

«Nun dann! Morgen in Moskau fangen wir damit an», sagte André. «Dann komme ich mir vielleicht weniger verloren vor.»

«Kommst du dir denn verloren vor?»

«Völlig.»

«Das wird dein erstes Wort bei der Ankunft im Paradies – oder in der Hölle sein: ich komme mir vollkommen verloren vor.» Nicole lächelte ihm zärtlich zu.

Sie hatte immer über seine Verwirrtheit gelächelt. Auf Reisen akzeptierte sie die Dinge so, wie sie waren. «Nun ja! Das ist Afrika, und es ist eine Kolonie!» hatte sie in Gardhaïa zu ihm gesagt. (Die erste Begegnung des noch ganz jungen André mit dem Maghreb. Es gab Kamele, verschleierte Frauen, und in den Läden Konservenbüchsen und Küchengeräte; es war fernes Arabien und französisches Dorf: er konnte nicht begreifen, wie die Menschen, denen er begegnete, diese doppelte Zugehörigkeit empfanden.) Die Gründe seiner gegenwärtigen Verwirrung waren viel ernster. Wie fühlte sich ein sowjetischer Mensch in seiner Haut? Inwieweit ähnelte diese Jugend, die singend durch die Alleen zog, der Jugend bei uns, worin unterschied sie sich? Wie verbanden sich bei ihnen der Wunsch, den Sozialismus aufzubauen, und nationaler Egoismus? Viele Dinge hingen von den Antworten ab, die man auf diese Fragen gab.

«Du hast unrecht, von Egoismus zu reden», sagte Mascha ein paar Stunden später zu ihm. In dem Zimmer, in dem sie sich nach einem langen Spaziergang ausruhten und Tee tranken, hatte sie das Gespräch vom Vormittag in einem entspannteren Ton wiederaufgenommen. «Der Atomkrieg betrifft nicht nur uns, sondern die ganze Welt. Du mußt begreifen, daß wir zwischen zwei Notwendigkeiten hin und her gerissen sind: dem Sozialismus in der Welt zu helfen und den Frieden zu retten. Wir wollen weder auf das eine noch auf das andere verzichten.»

«Ach, ich weiß sehr wohl, daß die Lage nicht einfach ist.»

«Wenn ihr es dabei belassen könntet», sagte Nicole heftig. «Mascha möchte, daß ich ihre Übersetzung mit ihr durchgehe: wenn wir es nicht gleich tun, werden wir keine Zeit mehr haben.»

«Ja, wir müssen uns dranmachen», sagte Mascha.

Sie setzten sich nebeneinander vor den Tisch. Er öffnete einen Reiseführer der UdSSR, den er aus Paris mitgebracht hatte, und tat, als versenke er sich da hinein, aber seine Gedanken drehten sich im Kreise. Es stimmte, man konnte bei jeglichem Versuch der Gegeneskalation die Hypothese eines schrecklichen amerikanischen Gegenschlags nicht ausschließen. Und dann?

1945 war die Bombe nur eine abstrakte Drohung gewesen: heute war sie eine beängstigende Möglichkeit geworden. Es gab Leute, die das nicht beunruhigte: «Wenn ich erst einmal tot bin, ist es mir egal, ob die Erde weiterlebt oder nicht.» Ein Freund von André hatte sogar gesagt: «Und wenn schon, es wird mir weniger leid tun, wenn ich daran denke, daß ich nichts zurücklasse.» Er, er hätte sich sofort umgebracht, wenn er gewußt hätte, daß die Erde in die Luft gejagt würde. Oder daß die ganze Zivilisation zerstört, die Kontinuität der Geschichte unterbrochen würde und die Überlebenden – wahrscheinlich Chinesen – wieder bei Null anfangen müßten. Sie würden vielleicht dem Sozialismus zum Sieg verhelfen: aber ihr Sozialismus hätte nichts mit dem zu tun, von dem seine Eltern, seine Freunde und er selbst geträumt hatten. Wenn sich jedoch die UdSSR in der friedlichen Koexistenz einrichtete, war der Sozialismus erst einmal aufgeschoben. Wieviel enttäuschte Hoffnung! Die Volksfront und die Résistance in Frankreich, die Emanzipation der Dritten Welt hatten den Kapitalismus nicht um eine Daumenbreite zurückgedrängt. Die chinesische Revolution: sie mündete in den chinesisch-sowjetischen Konflikt. Nein, noch nie war André die Zukunft so trostlos erschienen. «Mein Leben wird nichts genutzt haben», dachte er. Er hatte gewünscht, daß es sich nutzbringend in eine Geschichte einfügen würde, die die Menschen dem Glück näherbrachte. Sicher würden sie eines Tages dorthin gelangen; André hatte zu lange daran geglaubt, um nicht immer noch ein bißchen daran zu glauben. Aber mit derartigen Umwegen würde die Geschichte aufgehört haben, seine Geschichte zu sein.

Die Stimme Nicoles holte ihn aus seinen Gedanken: «Maschas Französisch ist vollkommen korrekt; eher zu korrekt, ein bißchen gestelzt.»

«Ich habe solche Angst, Fehler zu machen», sagte Mascha.

«Das merkt man.»

Wieder beugten sie sich über die getippten Seiten, lächelten sich zu und tuschelten. Nicole, die im allgemeinen so streng gegenüber Frauen war, hegte für Mascha wirklich freundschaftliche Gefühle; ihr Einvernehmen freute André.

«Ich möchte mir diese Übersetzung auch ansehen», sagte

er. Wenn auch die Zukunft trostlos schien, durfte man diesen Augenblick zärtlicher Vertrautheit nicht verderben. Er riß sich von seinen Grübeleien los.

«Ich würde mich gern hinsetzen», sagte Nicole. Das usbekische Restaurant war reizend, mit seinen kleinen Pavillons unter freiem Himmel und seiner exotischen Kundschaft: Männer mit flachen Gesichtern, Schlitzaugen, viereckigen Kappen, Frauen in bunten Seidenkleidern und mit schweren schwarzen Zöpfen. Man aß dort das beste Schaschlik Moskaus. Aber überall war es das gleiche. Das Dröhnen des Orchesters hatte sie verjagt, sobald sie den letzten Bissen hinuntergeschluckt hatten. Mascha hatte einen Spaziergang vorgeschlagen. Und da sie während des Tages viel gelaufen waren, fühlte Nicole sich müde. Es war ärgerlich; früher hatte sie viele Kilometer zurückgelegt, genauso munter wie André! Jetzt ließen sie nach ihren langen Wanderungen jeden Abend die Beine im Stich. Sie ließ sich nichts anmerken. Aber im Grunde war es dumm, sich zu zwingen. Sie kamen an einer freien Bank vorbei, ein seltener Zufall, das mußte man ausnutzen. Sie setzten sich.

«Können wir nun eigentlich noch nach Rostow fahren oder nicht?»

«Ich fürchte, nein», sagte Mascha.

«Und die kleine Reise auf der Moskwa?»

«Ich kann fragen...»

«Ach! Warum bleiben wir nicht einfach in Moskau», sagte André. «Wir können so viele Dinge wiedersehen.»

«Die werden wir sowieso wiedersehen.»

Wiedersehen. Es hatte eine Zeit gegeben, als sie um die Vierzig war, wo sie das entzückte. Vorher, nein, da hatte sie Lust auf Neues gehabt. Jetzt auch. Nur noch so wenige Jahre zu leben: Tag für Tag auf dem Roten Platz herumlaufen, das war verlorene Zeit. Er war herrlich: was für ein Schock, vor drei Jahren. Und auch dieses Jahr, am ersten Tag. Aber Nicole kannte ihn schon zu gut. Das war der große Unterschied zwischen der ersten Reise und dieser. 1963 war alles neu; diesmal fast nichts. Daher rührte wahrscheinlich diese leichte Enttäuschung.

«Und wo werden wir den Abend verbringen?» fragte sie.

«Warum nicht hier?» sagte André.

«Auf dieser Bank, den ganzen Abend?»

Dieses Jahr wußten sie nicht, wo sie abends hingehen sollten. Jurij schien sehr nett – da er kein Französisch sprach, war der Kontakt zu ihm eher oberflächlich –, aber er arbeitete in seinem Zimmer, Wassilij in einem der beiden anderen; um sie nicht zu stören, mußte man flüstern, und man hatte dennoch das Gefühl, lästig zu fallen. Das Hotelzimmer war nicht einladend. Viele Cafés waren in diesen drei Jahren gebaut worden; von draußen waren sie nicht häßlich, mit ihren Glaswänden; aber innen ähnelten sie Milchbars, unbehaglich und ungemütlich; um diese Zeit waren sie im übrigen geschlossen. Aber diese Bank, in einem Square, wo es nach Benzin roch, neben einer Metrostation?

«Hier sitzen wir gut», sagte André. «Es riecht schön nach Grün.»

Er fühlte sich überall wohl. In seinem Flanellanzug war ihm nicht kalt; Mascha fand es warm, sobald es über zehn Grad war; aber Nicole fröstelte in ihrem Taftkleid. Und außerdem, ein ganzer Abend auf einer Bank, da fühlt man sich wie nach einer Katastrophe.

«Mir ist kalt», sagte sie.

«Wir können zur Bar des Hotels National gehen», sagte Mascha.

«Gute Idee.»

Die Bar war bis zwei Uhr früh geöffnet; man zahlte in ausländischer Währung, man konnte Whisky, amerikanische Zigaretten bekommen; sie hatte André und Mascha darauf hingewiesen, als sie einmal dort zu Mittag gegessen hatten, aber sie hatten nichts geantwortet. Mascha hatte es sich aber gemerkt, sie erinnerte sich im richtigen Augenblick daran.

Sie standen auf.

«Ist es weit?»

«Eine halbe Stunde zu Fuß. Wir finden vielleicht ein Taxi», sagte Mascha.

Nicole wünschte ein Taxi: die Beine, die Füße taten ihr weh. Im allgemeinen fand man leicht eines, ihre Zahl hatte sich seit 1963 verdoppelt. Heute abend fuhren viele vorbei, ihr kleines grünes Auge leuchtete vielversprechend; aber soviel man ihnen auch zuwinkte, sie flitzten unerbittlich vorbei: auf diesen großen Avenuen durften sie nicht anhalten. Der nächste Taxistand war ziemlich weit entfernt, und vielleicht würde es eine lange Schlange und keinen Wagen geben. Laufen, sich auf die Bänke setzen, ein hartes Brot. Für seine Einwohner war Moskau vielleicht sehr gut; Mascha hätte nirgendwo sonst leben mögen, vor allem nicht in Paris (was immerhin erstaunlich war). Aber für die Ausländer, wie karg! Vielleicht bin ich in diesen drei Jahren alt geworden, sagte sich Nicole: Ich ertrage Unbequemlichkeit weniger gut. Und es wird immer schlimmer werden. «Wir stehen in der Blüte des letzten Lebensabschnitts», sagte André. Eine seltsame Blüte: Disteln.

«Ich komme um vor Müdigkeit», sagte sie.

«Wir sind da.»

«Alt werden ist übel.»

Mascha hatte sie untergehakt. «Ach was! Ihr seid beide so jung.»

Man sagte ihr oft: Sie sehen jung aus, Sie sind jung. Ein zweideutiges Kompliment, das ein unangenehmes Erwachen ankündigt. Jung bleiben heißt vital, fröhlich, geistesgegenwärtig bleiben. Das Los des Alters ist also Routine, Trübsinn, Verfall. Sie sagen: Alter, das existiert nicht, das ist nichts;

oder sogar: es ist sehr schön, rührend; aber wenn sie ihm begegnen, hüllen sie es schamhaft in Lügenworte. Mascha sagte: Sie sind jung, aber sie hatte Nicole untergehakt. Im Grunde fühlte Nicole ihretwegen seit der Ankunft ihr Alter so heftig. Sie wurde sich bewußt, daß das Bild, welches sie von sich hatte, beim Alter von vierzig stehengeblieben war: Sie erkannte sich in dieser kraftvollen jungen Frau wieder; um so mehr, als Mascha viel Erfahrung und Autorität besaß und genauso reif wie Nicole war: zwei, die sich ähnelten. Und dann erinnerten sie plötzlich eine Geste, eine Stimmlage, ein Zuvorkommen daran, daß zwischen ihnen ein Altersunterschied von zwanzig Jahren lag – daß sie sechzig war.

«Was für ein Andrang!» sagte André.

Die Bar war verräuchert und laut. Ein einziger freier Tisch, eingeklemmt zwischen jungen Amerikanern, die aus vollem Halse lachten, und älteren Franzosen, die sehr laut Witze rissen, Westdeutsche – nur die westlichen Währungen waren zugelassen – sangen im Chor. Eine Jazzplatte lief, man hörte sie kaum. Aber es war angenehm, den Geschmack von Whisky wiederzufinden, den Geschmack der Pariser Abende mit André, mit Philippe. (In Paris war es warm; sie hätten sich auf eine Café-Terrasse in Montparnasse gesetzt.)

«Gefällt es dir, wieder im Westen zu sein?»

«Einen Augenblick lang, ja.»

Er, er hatte alle Brücken abgebrochen. Er hatte niemandem geschrieben, nur eben eine Zeile für Philippe unter Nicoles letzten Brief gekritzelt. Morgens lächelte er, wenn sie hartnäckig eine mehrere Tage alte *Humanité** kaufte. Er war auf Reisen immer so. Er vergaß Paris leicht; er war dort nicht verwurzelt.

«Die Fröhlichkeit der Delegationen! Das ist schlim-

* Seit 1920 Tageszeitung der Kommunistischen Partei Frankreichs.

mer als Ausgelassenheit auf Kommando!» sagte er niedergeschlagen.

«Willst du, daß wir gehen?»

«Natürlich nicht.»

Er blieb, um Nicole eine Freude zu machen; aber er würde keine Lust haben wiederzukommen; Mascha auch nicht, sie fühlte sich nicht wohl. (Keine Russen hier; außer zwei stark geschminkten Frauen, die offensichtlich ihr Glück suchten.) Trotzdem war es ein angenehmer Ort, geöffnet – oder mindestens halb geöffnet zur Welt hin. Ein großer Schwarzer mit rotem Hemd hatte angefangen, allein zu tanzen, und einige Leute klatschten im Takt.

«Er tanzt unheimlich gut», sagte Nicole.

«Ja.»

André schien abwesend. Seit einigen Tagen hatte er einen Tick: er drückte den Finger gegen die Wange, in der Gegend des Zahnfleisches. Sie sagte etwas ungeduldig: «Hast du Schmerzen? Geh zu einem Zahnarzt.»

«Ich habe keine Schmerzen.»

«Warum befühlst du dann die ganze Zeit deine Backe?»

«Um sicherzugehen, daß ich keine Schmerzen habe.»

Es hatte eine Zeit gegeben, in der er sich zwanzigmal am Tag den Puls fühlte und dabei auf die Zeiger seiner Uhr starrte. Kleine bedeutungslose Ticks, die doch ein Zeichen sind. Wofür? Daß das Leben erstarrt, daß die Senilität lauert. Senilität. Sie kannte die Definitionen im Larousse* auswendig, deren Asymmetrie sie beeindruckt hatte. Jugendlichkeit: Charakter dessen, was jugendlich ist. Senilität: Schwächung des Körpers und des Geistes durch Alter.

* Französisches Nachschlagewerk.

Jurij und Nicole waren gleich nach dem Mittagessen aufgebrochen, André war wegen der Russisch-Stunde mit Mascha zusammengeblieben. Er streckte die Hand nach der Wodka-Flasche aus:

«Genug gearbeitet für heute.»

Gereizt fügte er hinzu: «Ich habe kein Gedächtnis mehr.»

«Aber doch; du schlägst dich gut.»

«Ich behalte nicht, was ich lerne. Ich vergesse es im Laufe der Zeit.»

Er trank einen Schluck Wodka, und Mascha schüttelte mißbilligend den Kopf: «Ich werde mich nie an diese Art zu trinken gewöhnen.»

Sie leerte in einem Zug ihr Glas.

«Es stimmt, ein Monat ist lachhaft, um eine Sprache zu lernen», sagte er.

«Wieso ein Monat? Habt ihr was Besonderes in Paris zu tun?»

«Nichts.»

«Dann bleibt doch ein bißchen länger.»

«Warum nicht? Ich werde heute abend mit Nicole reden.»

Moskau war sehr fröhlich in diesen schönen Sommertagen. Die Leute drängten sich um die Getränkewagen, die Kwaß* und Bier ausschenkten; sie belagerten die Automaten, die für eine Kopeke mehr oder weniger frisches Wasser ausspuckten, für drei Kopeken Sodawasser mit unbestimmtem Fruchtgeschmack; auf ihren Gesichtern lag gute Laune.

Sie waren viel weniger diszipliniert, als André es sich vorgestellt hatte: sie überquerten die Straßen genauso seelenruhig bei Rot wie bei Grün. Er dachte an das Gespräch, das er beim Mittagessen mit Jurij geführt hatte.

«Jurij hat mich nicht überzeugt», sagte er.

* Alkoholisches Getränk aus gegorenem Brot.

«Trotzdem, ich versichere dir, daß er recht hat», sagte Mascha.

Sie hatten über die kürzlich mit Renault geschlossenen Verträge gesprochen, und André hatte sich gewundert, daß die UdSSR vorhatte, 600000 Privatautos zu produzieren, statt das Straßennetz und die öffentlichen Verkehrsmittel auszubauen. Aber die öffentlichen Verkehrsmittel liefen gut, sagte Jurij; und Straßen bauen, bevor die Bevölkerung dazu die Notwendigkeit verspürte, wäre eine ungeschickte Politik: sie würde von sich aus welche fordern, sobald sie Autos besäße. Auch unter einem sozialistischen Regime haben die Bürger Recht auf einige private Genüsse. Die Regierung unternahm kräftige Anstrengungen, um die Konsumgüter zu entwikkeln: man sollte ihr dazu gratulieren.

«Glaubst du, der Sozialismus kann aufgebaut werden, indem immer mehr Konzessionen ans Privateigentum gemacht werden?»

«Ich glaube, der Sozialismus ist für die Menschen da, und nicht umgekehrt», sagte sie. «Man muß sich ein bißchen um ihre kurzfristigen Interessen kümmern.»

«Ja, natürlich.»

Was hatte er sich eigentlich vorgestellt? Daß die Interessen der Menschen hier andere waren? Daß sie weniger an materiellen Gütern hingen? Daß das Ideal des Sozialismus in ihnen lebendig blieb und alles andere ersetzte?

«Die Chinesen beschuldigen uns der Abweichung, das ist absurd; es kann nicht die Rede davon sein, daß wir zum Kapitalismus zurückkehren. Aber du mußt dir klarmachen: dieses Volk hat nur von Opfern gelebt, während des Krieges; während des Wiederaufbaus. Und wir sind auch jetzt noch nicht verwöhnt. Man kann uns dieses karge Leben nicht endlos auferlegen.»

«Es ist nicht so sehr diese Kargheit, die mich beeindruckt. Meine Kindheit war härter als die Wassilijs. Das Leben meiner Mutter war nicht leicht. Sie ist glücklich – na ja, wie man es mit 83 Jahren eben sein kann –, aber weil sie so wenige Bedürfnisse hat.»

«Warum sagst du: wie man es mit 83 Jahren eben sein kann? Ein langes erfülltes Leben hinter sich zu fühlen, das muß eine große Befriedigung sein.»

Sie lenkte absichtlich ab. Sie mochte mit André nicht über dies Land reden, das sie als ihr eigenes betrachtete; ob er Kritik oder Lob über die UdSSR äußerte, sie reagierte etwas unwirsch.

«Du bist zu abstrakt», sagte sie oft.

Er ließ das Thema fallen.

«Mit 83 hat man keine Zukunft mehr; das nimmt der Gegenwart jeden Reiz.»

«Wenn ich so alt werde, verbringe ich, glaube ich, meine Tage damit, mir meine Geschichte zu erzählen. Das ist grandios: 83 Jahre hinter sich! Was sie alles gesehen hat!»

«Sogar ich habe viel gesehen. Und was bleibt mir davon?»

«Ungeheuer viel! Was du mir gestern alles erzählt hast, über deine Zeit bei den *Faucons rouges**, über die Wahlkämpfe in Avignon ...»

«Ich erzähle; ich erinnere mich nicht.»

Es wäre schön, dachte er oft, wenn die Vergangenheit eine Landschaft wäre, in der man nach Lust und Laune herumschlendern und allmählich ihre Windungen, ihre geheimen Winkel entdecken würde. Aber nein. Er konnte Namen, Daten aufsagen, wie ein Schüler eine gut gelernte Aufgabe herleiert; er besaß ein bestimmtes Wissen; und verstümmelte, verblaßte Bilder, die genauso erstarrt waren wie die eines alten Geschichtsbuchs; sie tauchten unwillkürlich vor einem weißen Hintergrund auf.

* *Rote Falken* – wahrscheinlich ein fiktiver Name.

«Trotzdem, man wird doch reicher, wenn man älter wird», sagte Mascha. «Ich fühle mich reicher als mit zwanzig. Du nicht?»

«Ein bißchen; und um vieles weniger reich.»

«Was hast du verloren?»

«Die Jugend.»

Er schenkte sich ein Glas Wodka ein. Das dritte? Das vierte?

«Ich hab es gehaßt, jung zu sein», sagte sie.

Ein wenig schuldbewußt blickte er sie an. Er hatte sie gezeugt und dann einer blödsinnigen Mutter und einem Botschafter überlassen.

«Hat es dir gefehlt, daß du keinen richtigen Vater hattest?»

Sie zögerte: «Nicht bewußt. Mich beschäftigte vor allem die Zukunft. Meinem Milieu zu entkommen. Meine Ehe gut zu führen. Wassilij gut zu erziehen. Mich nützlich zu machen. Und dann, als ich reifer wurde, fühlte ich das Bedürfnis, wie soll ich es nennen – nach Wurzeln. Die Vergangenheit wurde wichtig: das heißt Frankreich. Und du.»

Sie sah ihn vertrauensvoll an, und er fühlte sich schuldig, nicht nur wegen der Vergangenheit, sondern weil er ihr heute gern jemand Glanzvolleren als Vater präsentiert hätte.

«Enttäuscht es dich nicht ein bißchen, daß ich nur eine hohle Nuß bin?»

«Was du nicht sagst! Außerdem hast du noch Zeit.»

«Nein. In Wahrheit werde ich nie irgend etwas tun. Allenfalls vielleicht, wenn ich Paris verlassen würde. Aber Nicole würde es nicht ertragen, woanders zu leben. Oder sich von Philippe zu entfernen.»

Einmal hatte er darüber geredet, im Spaß. Und im Spaß hatte sie geantwortet: «Du würdest genauso vor Langeweile sterben wie ich.» Nein. Er träumte oft davon. Die Anwesenheit seiner Mutter war nicht belastend, sie hätte sie nicht gestört. Er hätte im Garten gearbeitet, Forellen im grünen Wasser des Gard geangelt, mit Nicole Spaziergänge in den Garrigues* gemacht, gelesen, gefaulenzt und vielleicht gearbeitet. Vielleicht. Aber auf jeden Fall wäre das seine einzige Chance. In Paris, niemals.

«Jedenfalls ist das unwichtig», sagte sie. «Ich teile Nicoles Meinung: man muß leben, wie man Lust hat.»

«Ich bin nicht sicher, daß sie das wirklich denkt. Und du selbst hast gesagt: schade!»

«Ich habe das so hingeworfen.» Sie beugte sich über ihn und gab ihm einen Kuß.

«Ich liebe dich, wie du bist.»

«Und wie bin ich?»

Sie lächelte: «Willst du Komplimente? Nun! 1960 war ich darüber erstaunt – und das bleibt gültig –, wie du dich den anderen hingeben und zugleich dir selbst gegenwärtig bleiben konntest. Und dann deine Aufmerksamkeit für die Dinge: Bei dir wird alles wichtig. Und du bist lustig. Und ich schwöre dir, du bist jung geblieben: jünger als alle Leute, die ich kenne. Du hast nichts verloren.»

«Wenn ich dir so gefalle.»

Er lächelte auch, aber er wußte wohl, daß er etwas verloren hatte; diese Glut, diese Kraft, die die Italiener mit einem so hübschen Wort bezeichnen: *stamina***. Er leerte sein Glas. Wahrscheinlich suchte er deshalb die freudige Wärme des Alkohols. Zu sehr, sagte Nicole. Aber was bleibt uns, in unserem Alter? Er befühlte sein Zahnfleisch. Kaum empfindlich. Aber ein bißchen. Wenn es dem Zahnarzt nicht glückte, den Zahn zu retten, an dem seine Brücke hing, gab es keine andere Lösung als ein Gebiß: O Schreck, o Graus! Er wünschte sich

* Die Landschaft der Cevennen.

** Kleine Verwechslung: das aus dem Lateinischen stammende Wort *stamina* ist im Englischen für Lebens-, Widerstandskraft gebräuchlich.

nicht mehr zu gefallen, aber wenigstens sollte man sich bei seinem Anblick vorstellen können, daß er mal gefallen hatte. Nicht ein vollkommen asexuelles Geschöpf werden. Kaum hatte er sich langsam an die Situation eines Erwachsenen gewöhnt, wurde er schon in die eines Greises gestürzt. Nein!

«Stört es Nicole auch, alt zu werden?»

«Weniger als mich, glaube ich.»

«War sie enttäuscht, daß wir nicht nach Rostow fahren?»

«Ein bißchen.»

Unbezwingbare Nicole, sagte er zärtlich zu sich. Genauso energisch und genauso begierig wie mit zwanzig Jahren. Ohne sie hätte er sich damit begnügt, durch die Straßen Moskaus zu schlendern, einen Schwatz zu halten, auf den Bänken zu sitzen. Vielleicht hätte er auf diese Weise die Atmosphäre der Stadt besser eingesogen. Aber wenn er es ihr gesagt hätte, hätte er ihr weh getan, was er auf keinen Fall wollte.

«Fünf Uhr! Und sie erwartet uns um fünf», sagte Mascha. «Beeilen wir uns.»

Sie verließen die Wohnung in Windeseile.

Maschas Wohnung gefiel Nicole sehr. Der Hof war trist, die Treppe schäbig, der Aufzug aus verrostetem Eisen blieb oft stecken; aber die drei kleinen Zimmer – eins pro Person, außerdem eine Küche und ein Badezimmer – waren sehr schön dekoriert: einige Fotos, gut ausgewählte Bildreproduktionen, schöne Teppiche, die Jurij aus Asien mitgebracht hatte, Gegenstände, die Mascha während ihrer nomadischen Kindheit gesammelt hatte. Als Nicole die Treppe hinunterging, bekam sie plötzlich Sehnsucht nach ihrem Studio, den Möbeln, den Gegenständen, die ihr gehörten. Sie sah es vor sich, wie sie es am letzten Morgen verlassen hatte, den großen Strauß Rosen auf dem Tisch, die frisch und naiv waren wie Kopfsalat. Hier sah man nie Rosen. Und seit ihrer Ankunft – zehn Tage lang – hatte sie keine Musik gehört: das war eine fast physische Entbehrung. Sie ging um die Ecke und bog in die große Avenue ein, die zum Hotel führte. In Paris kannte sie alle Läden auf dem Boulevard Raspail; viele Gesichter waren ihr vertraut, alle sagten ihr etwas. Diese hier sagten ihr nichts. Warum war sie ihrem Leben so fern? Es war an einem schönen Junitag. Die Bäume waren brünstig; in den Rinnsalen voll flaumiger Pollen entlang der Trottoirs tobten sich die Tauben aus. Die weißen Flocken schwirrten um Nicole herum, drangen ihr in die Nase, den Mund, hefteten sich an ihr Haar, berauschten sie. Sie schwirrten durch die Bibliothek, hefteten sich an ihr Haar an jenem Nachmittag, an dem sie sich in gewisser Weise von ihrem Körper verabschiedet hatte. Schon vorher hatte es Anzeichen gegeben. Im Spiegel, auf den Fotos hatte ihr Bild seinen Glanz verloren: aber sie erkannte sich noch darin. Wenn sie mit Freunden redete, waren sie für sie Männer und sie fühlte sich als Frau, und dann war dieser unbekannte – so schöne – junge Mann mit André gekommen; er hatte ihr höflich und zerstreut die Hand gegeben, und etwas war umgeschlagen. Für sie war er ein Mann, jung und anziehend; für ihn war sie genauso asexuell wie eine achtzigjährige Greisin. Sie hatte sich nie von diesem Blick erholt; sie stimmte nicht mehr mit ihrem Körper überein: er war eine fremde Hülle, eine betrübliche Verkleidung. Vielleicht hatte diese Metamorphose ein wenig länger gebraucht, ihr Gedächtnis verdichtete sie jedoch in diesem Bild: zwei Samtaugen, die sich gleichgültig von ihr abwandten. Im Bett war sie von nun an eisig: man muß sich ein bißchen selbst lieben, um sich in den Armen eines anderen zu gefallen. André hatte sie nicht verstanden, aber allmählich hatte ihre Kälte auch ihn erfaßt. Diese Erinnerung überkam sie jeden Sommer, zum selben Zeitpunkt, aber seit langem tat sie sich daran nicht mehr weh. Gewöhnlich nahm sie diese vage frühlingshafte Sehnsucht, die der Tanz der Pollen in ihr weckte, gutwillig auf, als Reminiszenz an die Zeit, in der die Schönheit der Tage noch ein

Versprechen gewesen war. Heute fühlte sie sich nervös und wehmütig: unwohl in ihrer Haut. Warum? fragte sie sich, als sie in ihrem Zimmer war. Sie setzte sich auf die Fensterbank, sie sah auf die Autos, die im Tunnel verschwanden und auf der anderen Seite der Gorkistraße wiederauftauchten: «Ich glaube, ich langweile mich ein bißchen», sagte sie sich. Sie fand Moskau nicht besonders reizvoll. Sich ein wenig zu langweilen war nicht schlimm. Sie würden nach Leningrad fahren, sie würden Pskow und Nowgorod sehen. Sie griff nach einem Buch. Gewöhnlich reichte es, sich den Trübsinn zu erklären, um ihn loszuwerden, aber das Wort Langeweile hatte nichts behoben; ihr Unbehagen war noch da. «Dies Zimmer ist trist», sagte sie sich. Trist, ein Zimmer, was heißt das? Die leuchtende Harmonie der Kissen, die Anmut der Hyazinthen, die schöne Reproduktion von Nicolas de Staël hatten ihr nicht geholfen, als Philippe ihr seine Hochzeit angekündigt hatte. Dennoch, in neutralen Augenblicken wie diesem genügen eine fröhliche Farbe, eine elegante Form, ein netter Gegenstand, um die Lebenslust anzufachen. Hier, nichts. Weder das Schauspiel der Straße noch die Wände, noch die Möbel trösteten sie. Trösteten sie wofür? «André!» sagte sie sich plötzlich. «Ich sehe ihn dauernd. Ich sehe ihn nie.» 1963 war Mascha mit ihrer Arbeit beschäftigt gewesen, dieses Jahr war sie jede Minute mit ihnen zusammen. Ihrerseits war das verständlich. Aber hatte André denn nie Lust, mit Nicole allein zu sein? Hatte er sich so sehr verändert? Früher, vor sehr, sehr langer Zeit, war er der Leidenschaftlichere gewesen. Sie war damals nicht reif für Leidenschaft; Leidenschaft setzt einen Mangel voraus, einen heftigen Schmerz, etwas, das kompensiert werden muß: bei ihm war es die Härte seiner Kindheit, die Kühle seiner Mutter, das Scheitern seiner Liebschaft mit Claire. Sie dagegen war von ihren Eltern verwöhnt worden, und Liebe war nicht ihr Fall: sie wollte etwas werden. Sie war es, die sich nach der Liebe zuerst vom Bett losriß.

Er versuchte sie zurückzuhalten und murmelte: «Geh nicht: das ist Entzug.» (Oft gab sie nach, ein wenig widerwillig.) Und dann waren während ihres langen Lebens das Bedürfnis, das sie nach ihm hatte, und die Freude, die er ihr gab, immer größer geworden. Es war unmöglich zu sagen, wer von beiden heute mehr am andern hing. Zusammengeschweißt wie siamesische Zwillinge: Er ist mein Leben, ich bin seines. Und doch: er litt nicht darunter, daß er sie nie allein sah. Waren seine Gefühle abgeflaut? Es kommt vor, wenn man alt wird, daß Gleichgültigkeit einen überfällt; der Tod seiner Schwester hatte ihn nicht so erschüttert wie vorher der seines Vaters. Mit ihm darüber reden? Das würde ihn vielleicht traurig stimmen. Sie legte ihr Buch weg und legte sich aufs Bett: ein zu gutes Mittagessen, zuviel Wodka, Schlaf überfiel sie.

«Wo, wer bin ich?»

Jeden Morgen erkannte sie, noch bevor sie die Augen aufschlug, ihr Bett, ihr Zimmer. Aber manchmal, wenn sie nachmittags schlief, empfand sie beim Aufwachen diese kindische Bestürzung: warum bin ich ich? Als ob ihr anonym aus der Finsternis auftauchendes Bewußtsein gezögert hätte, sich wieder zu verkörpern. Es überraschte sie – wie das Kind, wenn es sich seiner eigenen Identität bewußt wird –, daß sie sich im Herzen ihres eigenen Lebens und nicht in einem anderen wiederfand: durch welchen Zufall? Sie hätte nicht auf die Welt kommen können: dann hätte es keine Frage gegeben. «Ich hätte eine andere sein können, aber dann würde sich eine andere über sich befragen.» Es wurde ihr schwindelig, wenn sie zugleich ihre Kontingenz und ihre notwendige Übereinstimmung mit ihrer Geschichte spürte. Nicole, sechzig Jahre, pensonierte Lehrerin. Pensioniert: sie konnte es kaum glauben. Sie erinnerte sich an ihre erste Stelle, die erste Klasse, das dürre Laub, das im Provinz-Herbst unter den Füßen raschelte. Damals schien ihr der Tag der Pensionierung – die Zeitspanne bis dahin war doppelt, oder fast doppelt so lang wie die, die sie gelebt hatte – irreal wie der Tod selbst. Und er war gekommen. Sie dachte manchmal mit Sehnsucht an die Tür, durch die sie nie mehr schreiten würde, an die gebohnerten Fußböden, an das Rennen und an das Lachen, das sie nie mehr hören würde. Sie hatte andere, weniger scharfe Grenzen überschritten. Diese aber hatte die Präzision eines eisernen Vorhangs. «Ich bin auf der anderen Seite.» Sie stand auf, machte sich das Haar wieder zurecht. Bestimmt nahm sie wieder zu. Es war ärgerlich, daß sie keine Waage hatte. Halb sechs. Warum war er noch nicht zurückgekommen? Er wußte doch, daß sie es haßte zu warten.

Sie haßte es zu warten, aber sobald er kam, war ihr so warm ums Herz, und sie vergaß, daß sie gewartet hatte:

«Wir haben kein Taxi gefunden. Wir sind zu Fuß gekommen.»

«Aber das macht gar nichts», sagte sie.

«Wir haben gut gearbeitet», sagte André.

«Und einige Glas Wodka getrunken.»

Sie erkannte unweigerlich diese leichte Ausspracheschwäche, diese leicht verzögerten Gesten, die anzeigten, daß André ein bißchen getrunken hatte. Das waren noch keine deutlich wahrnehmbaren Zeichen; sie nannte sie Vorzeichen.

«Du hast Vorzeichen», fügte sie hinzu.

«Ich habe ein bißchen Wodka getrunken, aber ich habe keine Vorzeichen.»

Sie beharrte nicht darauf. Nie war sie mutwillig die Spielverderberin; aber sie machte sich Sorgen um seine Gesundheit, sein Blutdruck war ein bißchen zu hoch. Manchmal fuhr sie im Schlaf hoch: «Ihm droht ein Lungenkrebs; ein Herzinfarkt; ein Gehirnschlag.»

«Sieh nur», sagte André. «Einwandfreies Gleichgewicht.»

Er faßte Mascha um die Taille, wirbelte sie herum und summte eine Walzermelodie. Es war seltsam, ihn mit einer anderen Frau zu sehen: Obwohl sie seine Augen, sein Kinn hatte, vergaß Nicole manchmal, daß sie seine Tochter war. André sprach zu ihr mit dem betörenden Lächeln und in den Worten, die er in ihrer Jugend für Nicole gehabt hatte. Allmählich hatten sie miteinander einen freundschaftlich barschen Ton angeschlagen, ihre Gesten waren fast ruppig: Wer war schuld? Ich natürlich, dachte sie mit ein wenig Bedauern. Zu gut erzogen, zu distanziert, fast verklemmt. Er hatte als erster beschlossen, daß sie sich duzten, und manchmal machte sie der Überschwang seiner Zärtlichkeit verlegen. Allmählich hatte sie wieder zu ihrer früheren Zurückhaltung gefunden: zwei alte Eheleute, die Turteltauben spielten, das wäre lächerlich gewesen. Und doch war sie irgendwie auf seine Komplizenschaft mit Mascha neidisch, und sie machte sich Vorwürfe, weil sie es nicht geschafft hatte, ihrer Beziehung zu André diese zärtliche Frische zu bewahren. Wieder befallen von der alten Strenge, die sie nie vollkommen überwunden hatte, weil sie ihre Situation als Frau nie völlig akzeptiert hatte. (Obwohl ihr kein Mann so gut wie André hätte helfen können, damit zurechtzukommen.)

«Sie tanzen gern?» fragte sie.

«Mit einem guten Tänzer liebe ich es.»

«Ich habe nie getanzt.»

«Ach! Warum?»

«Weil der Partner führt: Ich war blöd, als ich jung war. Danach war es zu spät.»

«Ich mag gern geführt werden», sagte Mascha. «Es ist erholsam.»

«Unter der Bedingung, daß man Sie hinführt, wo Sie hinwollen», sagte Nicole und lächelte ihr voll Sympathie zu.

Es kam selten vor, daß sie mit einer Frau sympathisierte. Mit ihren Schülerinnen, ja: Kinder, Jugendliche, man konnte hoffen, daß sie den Erwachsenen nicht ähneln würden. Die Erwachsenen! Die jungen Frauen wie Irène; sie übten mit geschäftigem Eifer den «Beruf Frau» aus: Als ob das ein Beruf wäre! Die älteren erinnerten sie an ihre Kindheitsrevolten, an ihre Mutter. «Ein Mädchen kann nicht.» Sie würde weder Forscher noch Pilot, noch Hochseekapitän werden. Ein Mädchen. Musselin, Organdy, die zu zarten Hände ihrer Mama, der weiche Teig ihrer Arme, ihr Parfum, das an meiner Haut klebte. Sie träumte für Nicole von einer reichen Hochzeit, von Perlen, Pelzen. Und der Kampf begann. «Ein Mädchen kann.» Sie hatte ihr Studium fortgesetzt, sie hatte sich geschworen, ihr Schicksal zu durchkreuzen: Sie würde eine aufsehenerregende Doktorarbeit schreiben, einen Lehrstuhl an der Sorbonne bekommen, sie würde beweisen, daß das Gehirn einer Frau so viel taugt wie das eines Mannes. Nichts von alldem war eingetreten. Sie hatte unterrichtet und war in der Frauenbewegung aktiv gewesen. Aber wie die anderen – diese anderen, die sie nicht mochte – hatte sie sich von ihrem Ehemann, ihrem Sohn, ihrem Heim verschlingen lassen. Mascha ließ sich sicher von niemandem verschlingen. Und doch akzeptierte sie problemlos ihre Weiblichkeit: sicher weil sie, seit sie fünfzehn war, in einem Land lebte, in dem die Frauen keinen Minderwertigkeitskomplex haben. Offensichtlich glaubte Mascha nicht, daß sie irgend jemandem unterlegen war.

«Wer ißt mit wem zu Abend, wo und um wieviel Uhr?» fragte Nicole.

«Ich habe einen Tisch reservieren lassen, im Baku, für halb acht. Wir haben noch genug Zeit, um vorher einen kleinen Spaziergang zu machen. Es ist eine angenehme Tageszeit.»

«Machen wir einen Spaziergang», sagte Nicole.

Der Trübsinn hatte sie verlassen. André war hergekommen, um Mascha zu sehen: Es war normal, daß er soviel wie möglich ihre Gegenwart genoß. Sie dachte fröhlich an den Abend, den sie zu dritt verbringen würden.

Das Hotel, in dem sie in Leningrad abstiegen, entzückte André. Lange Flure, gesäumt von perlgrauen Türen mit ovalen Glasscheiben, die von Rokokogirlanden umrahmt und mit Seidenvorhängen, je nach Etage in Rosa, Grün oder Blau, bespannt waren. Im Zimmer ein Alkoven, den ein Vorhang verdeckte, und rührende alte Möbel: ein schwerer Schreibtisch aus unechtem Marmor, ein schwarzes Ledersofa, ein Tisch, auf dem eine Decke mit Fransen lag. Kronleuchter mit Kristallgehängen erleuchteten den Eßraum, in dem ein halbnacktes Mädchen aus Marmor ihr Kleid schelmisch lächelnd zurechtzog – oder zog sie es aus?

«Die Bedienung ist genauso langsam wie in Moskau!» sagte Nicole. «Zum Glück ist das Orchester nicht zu laut.»

«Wahrhaftig, sie lassen sich Zeit», sagte André, während seine Blicke einem Kellner folgten, der sich der Anrichte näherte, ein Glas abstellte und es nachdenklich betrachtete. Alle hatten sie zögernde und fahrige Gesten, die die eiligen Kunden sicher aufbrachten. Die Maurer, die Straßenarbeiter, die Angestellten, die Verkäufer machten auch einen gemächlichen Eindruck. Und doch war dies Land nicht von Faulenzern bevölkert: Sonst hätte man in gewissen Bereichen nicht so außerordentliche Ergebnisse erzielt. Sicher erhielten die Wissenschaftler, die Techniker eine spezielle Ausbildung, sie hatten eine andere Mentalität.

«Oh! Da kommt die Rechnung», sagte Mascha.

Sie gingen hinaus. Wie schön das Licht um zehn Uhr abends war! Mittags waren die Farben der Paläste vom Glanz der Sonne erdrückt. Jetzt vibrierten die blauen, grünen und roten Töne zart in der schwindenden Sonne.

«Es ist eine wunderbare Stadt», sagte Nicole.

Wunderbar. Unter einem nordischen Firnis die Anmut und der Glanz des italienischen Barock. Und was für eine Fröhlichkeit an der bläulichweißen Newa! Man sah vor allem junge Leute, die in Gruppen herumliefen und sangen.

«Und du willst trotzdem nach Pskow und Nowgorod.»

«Wir haben für alles Zeit», sagte Mascha.

Sicher, aber er wäre gern zehn Tage hiergeblieben. Leningrad. Petrograd. Sankt Petersburg. Er hätte gern alles aufgenommen und sogar – ein unmöglicher Traum – alles gleichzeitig. Die belagerte Stadt, an einem Wintertag, die Männer und Frauen, die im Schnee taumelten und umfielen, um nie wieder aufzustehen, die Leichen, die über den vereisten Boden gezogen wurden. Die Leichen, die den Newskij-Prospekt bedeckten, die rennenden Menschen, die pfeifenden Kugeln, die Matrosen, die den Winterpalast stürmten. Lenin. Trotzki. Gab es kein Mittel, in einer Art Doppelbelichtung das große Epos seiner Jugend auferstehen zu lassen, das so fern und heute so nah war, weil er an den Orten wandelte, an denen es sich abgespielt hatte? Das Dekor stand noch; aber es half nicht, die Menschen und die Ereignisse wiederauferstehen zu lassen. Im Gegenteil. Den Historikern gelang es teilweise, sie wieder zum Leben zu erwecken; aber um ihnen folgen zu können, mußte man die gegenwärtige Welt verlassen, sich in die Stille eines Arbeitszimmers einschließen, allein vor seinem Buch; in diesen Straßen verdrängte die Dichte, die Schwere der Realität die Bilder der Vergangenheit; unmöglich, sie diesen Steinen einzuschreiben. Aber Leningrad war da, heute abend, in der schönen weißen Nacht.* 1963 waren sie im August gekommen, es gab Sonnenuntergänge. Heute ging die Sonne nicht unter. Es wurde gefeiert. Auf den Quais tanzten Jungen und Mädchen zum Klang einer Gitarre. Andere spielten auf den Bänken des Marsfeldes Gitarre, wo der Flieder säuselte: Flieder mit üppigen Dolden, wie in den französischen Parks; japanischer Flieder, kärglicher, aber streng duf-

* «Weiße Nächte»: Jene Zeit im Sommer der nördlichen Hemisphäre, in der die Sonne nicht untergeht.

tend. Sie setzten sich auf eine Bank. Diese Jungen mit den Gitarren, wer waren sie? Studenten, Angestellte, Arbeiter? Er verzichtete darauf, Mascha danach zu fragen. Allzuoft wußte sie keine Antwort auf seine Fragen, und das schmerzte sie. Als Informantin enttäuschte sie ihn ein bißchen. Vielleicht mißtraute man ihr wegen ihrer ausländischen Herkunft; oder die Gesellschaft war hier genauso in Schichten unterteilt wie anderswo; sie wußte nichts über das Leben der Arbeiter, der Bauern, und auch nichts über die ungeheure wissenschaftliche und technische Anstrengung, über die André so gern Näheres erfahren hätte.

«Meine erste weiße Nacht», sagte Mascha. «Ich war fünfzehn Jahre alt. Ich war entzückt. Ich verstand nicht, wie meine Eltern so ruhig bleiben konnten. Ja, an dem Tag damals, da habe ich gedacht, daß es entsetzlich ist, alt zu werden.»

«Sie sind nicht mehr dieser Meinung», sagte Nicole.

«Ich fühle mich wohler denn je in meiner Haut», sagte Mascha. «Und Sie? Trauern Sie Ihrer Jugend nach?»

«Nein», sagte Nicole. Sie lächelte André zu. «Sofern nur die anderen gleichzeitig alt werden.»

Meine erste weiße Nacht, sagte André sich im Echo. Ein Unbehagen packte ihn: Diese schöne glückliche Nacht gehörte ihm nicht; er konnte nur zugegen sein, sie war nicht sein. Man lachte, sang, er fühlte sich ausgeschlossen: ein Tourist. Er hatte diesen Zustand noch nie gemocht. In Ländern, in denen der Tourismus eine nationale Industrie darstellt, ist das Reisen auch eine Art, sich zu integrieren. Auf den italienischen Café-Terrassen oder in den Londoner Pubs war er ein Gast unter anderen, der Espresso hatte in seinem Mund denselben Geschmack wie in dem der Römer. Hier hingegen hätte man die Leute über ihre Arbeit kennen, mit ihnen arbeiten müssen. Er war von ihren Freizeitbeschäftigungen ausgeschlossen, weil er von ihrer Arbeit ausgeschlossen war. Ein

Müßiggänger. Niemand in diesem Park war ein Müßiggänger. Nur Nicole und er.

Und niemand war so alt wie sie. Wie jung sie alle waren! Er war jung gewesen. Er erinnerte sich, wie inbrünstig und zärtlich das Leben damals war: diese Nacht war es für jene Menschen; sie lächelten der Zukunft entgegen. Ohne Zukunft, was war die Gegenwart, selbst im Duft des Flieders und in der Frische der Mitternachtsdämmerung? Einen Augenblick lang dachte er: Es ist ein Traum, ich werde aufwachen, ich nehme meinen Körper wieder an, ich bin zwanzig Jahre alt. Nein. Ein Erwachsener, ein älterer Mann, fast ein Greis. Er sah ihnen voll neidischer Verwunderung zu: Warum gehöre ich nicht mehr zu ihnen? Wie konnte mir das zustoßen, mir?

Sie kehrten zu Fuß von der Eremitage zurück, wo sie zwei Stunden verbracht hatten: ihr dritter Besuch in diesem Jahr; sie hatten alles wiedergesehen, was sie wiedersehen wollten. Am nächsten Tag würden sie nach Pskow fahren, das Anwesen Puschkins besichtigen; die ländliche Gegend würde sehr schön sein, sagte Mascha, und Nicole freute sich, wenn sie daran dachte, wie sie den Duft des Grases einatmen würde. Leningrad war eine sehr schöne Stadt, aber man erstickte dort. Sie nahm den Schlüssel von der Etagenfrau entgegen, die Mascha einen Zettel gab: das Intourist-Büro bat sie dringend vorbeizukommen.

«Es wird wieder Komplikationen geben», sagte Nicole.

«Wahrscheinlich geht es um einige Details, die geregelt werden müssen», sagte André.

Sein unverbesserlicher Optimismus! Er vertiefte sich in seine russische Grammatik, und sie schlug *L'Humanité* auf.

Sie hatte Lust auf diese Autofahrt, auf Landschaften, frische Luft, etwas Neues. Die Eremitage, Smolny, die Paläste, die Kanäle: sie kannte sie auswendig, sie wollte nicht weitere drei Tage hierbleiben.

Mascha kam herein: «Genehmigung abgelehnt!» sagte sie wütend.

«Ich hatte es geahnt!» sagte sich Nicole niedergeschlagen.

«Ich habe mich mit dem Mann von Intourist gestritten. Aber er kann nichts machen, er hat Weisungen bekommen. Es ist zum Auswachsen. Sie sind zum Auswachsen.»

«Wer sind ‹sie›?» fragte André.

«Ich weiß nicht genau. Er wollte mir nichts sagen. Vielleicht gibt es Truppenbewegungen. Aber wahrscheinlich überhaupt nichts.»

Diese Panik, die Nicole in sich aufsteigen fühlte, war übertrieben. Die Nervosität bei der geringsten Widrigkeit, die Angst sich zu langweilen, das wurde allmählich neurotisch. Mal sehen. Schon morgen nach Nowgorod fahren: aber im Hotel würde nichts frei sein, man mußte immer alles im voraus einfädeln. Und dann würde der Aufenthalt in Moskau endlos sein. Schnell sich etwas anderes ausdenken.

«Und diese Exkursion, von der Sie gesprochen haben? Das Kloster auf einer Insel?»

«Das wird auch verboten sein.»

«Sie könnten es doch versuchen.»

«O nein! Sie wird nicht noch einmal diese ganzen nervenaufreibenden Schritte unternehmen, um dann wieder ‹nein› als Antwort zu bekommen. Bleiben wir in aller Ruhe hier. Um dir die Wahrheit zu sagen, ich habe gar keine Lust, dieses Kloster zu sehen.»

«Gut, reden wir nicht mehr drüber», sagte Nicole.

Als Mascha weg war, brach ihre Wut sich Bahn. «Drei Tage Langeweile hier!» Plötzlich kam ihr alles langweilig vor: diese schnurgeraden Avenuen, die monotonen Straßen, die endlosen Abendessen mit Musik, das Hotelzimmer, das ganze Leben in dieser Stadt und die endlosen Diskussionen zwischen Mascha und André: Er verteidigte die Chinesen, die sie haßte und fürchtete, er kritisierte die Politik der Koexistenz um jeden Preis, die sie befürwortete. Sie drehten sich im Kreise. Oder André erzählte Mascha Geschichten, die Nicole auswendig kannte. Sie sah ihn weiterhin nie allein; oder aber während zu kurzer Augenblicke, in denen sich keine Unterhaltung anbahnen konnte; er stürzte sich auf ein russisches Buch, sie auf eine Zeitung... Sie drückte die Stirn gegen das Fenster. Wie häßlich diese plumpe schwarze und ockergelbe Kirche war. «Genehmigung abgelehnt!» Wenn sie wenigstens hätte diskutieren, sich wehren können. Doch Mascha mußte für alles geradestehen, und vielleicht gab sie zu schnell auf. Diese Abhängigkeit war ärgerlich. Am Anfang hatte Nicole sich darüber amüsiert, aber jetzt lastete sie auf ihr. In Paris stand sie im Mittelpunkt ihres Lebens, traf selbst die Entscheidungen, mit André oder allein. Hier waren Initiative und Phantasie einer anderen überlassen; sie war nur ein Bruchstück im Universum von Mascha. Sie blickte auf ihre Bücher; sie hatte zu wenige mitgebracht, und die, die sie wirklich interessierten, hatte sie in Moskau gelesen. Sie ging zum Fenster zurück. Der Platz, der Square, die Leute, die auf den Bänken saßen, alles schien trübsinnig im fahlen Nachmittagslicht. Die Zeit trat auf der Stelle. Es ist schrecklich – am liebsten hätte sie gesagt: Es ist ungerecht, daß sie gleichzeitig so schnell und so langsam vergeht. Sie trat durch den Eingang des Lycée von Bourg, fast genauso jung wie ihre Schüler, sie blickte mitleidig auf die alten grauhaarigen Lehrer. Und hoppla, schon war sie eine alte Lehrerin, und das Tor der Schule hatte sich hinter ihr geschlossen. Jahrelang hatten ihre Klassen in ihr die Illusion genährt, sie besäße immer dasselbe Alter: in jedem neuen Schuljahr waren sie wieder da, gleich jung, und sie machte sich diese Unbeweglichkeit zu eigen. Im Ozean der Zeit war sie ein Fels, gegen den immer neue Wellen branden, der sich aber nicht rührt und sich nicht abnutzt. Und jetzt trug der Strom ihn fort, trug sie fort, bis sie im Tod stranden würde. Auf tragische Weise entfloh ihr Leben. Und doch tröpfelte es langsam dahin, Stunde um Stunde, Minute um Minute. Man mußte immer warten, daß der Zucker schmilzt, daß die Erinnerung sich legt, die Wunde vernarbt, die Langeweile vergeht. Seltsamer Bruch zwischen diesen beiden Rhythmen. In Windeseile entgleiten mir meine Tage, und jeder einzelne zieht sich langsam dahin.

Sie drehte sich vom Fenster weg. Was für eine Leere in ihr, um sie herum, endlos. Dies Jahr hatte sie Philippe bei seinen Forschungen geholfen. Da, wo er jetzt stand, konnte sie ihm nichts mehr nützen. Und er lebte woanders. Lesen, unverbindlich, ohne Ziel, war ein Zeitvertreib, der kaum interessanter war als ein Kreuzworträtsel oder Vexierbilder. Sie hatte sich gesagt: «Ich werde Zeit haben, meine ganze Zeit wird mir gehören, was für ein Glück!» Es ist kein Glück, wenn man nichts damit anfangen kann. Und sie hatte festgestellt, daß ein Überfluß an Freizeit einen sogar ärmer macht. Die unerwartete heftige Freude, die ihr manchmal – früher – der Glanz auf einem Schieferdach, die Farbe des Himmels gaben, ergriff sie, wenn sie früh morgens aus dem Haus ging oder aus der Metro kam. Wenn sie langsam durch die Straßen ging, verfügbar, wich diese Freude vor ihr aus. Man spürt die Glut der Sonne viel besser, wenn sie durch geschlossene Jalousien dringt, als wenn man ihrer glühenden Brutalität ausgesetzt ist.

Nie hatte sie Langeweile ertragen können. Heute nachmittag dehnte sie sich bis auf ihre Zukunft aus, und sie litt darunter bis zur Angst. Jahre voll Langeweile, bis der Tod folgte. «Wenn ich nur Pläne hätte, wenn ich mit einer Arbeit befaßt wäre!» sagte sie sich. Zu spät. Man hätte eher damit anfangen müssen, sie war schuld. Nicht nur sie. André hatte ihr nicht geholfen. Hinterlistig hatte er Druck auf sie ausgeübt. «Du hast genug gearbeitet, laß diese Schulaufsätze liegen, komm schlafen... Bleib noch ein bißchen im Bett... Geh mit mir spazieren... Ich nehme dich mit ins Kino.» Er hatte alle Willensregungen Nicoles erstickt, ohne es auch nur zu merken. «Ich hätte ja nicht nachzugeben brauchen», sagte sie sich. Sie dichtete sich Groll zusammen, doch sie tat es, weil sie Groll empfand, gegen ihn. Er hatte entschieden, ohne mit ihr zu diskutieren: «Bleiben wir hier!» Und vor allem, vor allem machte er nicht die geringste Anstrengung, um Mascha ein bißchen auf Distanz zu halten; er kam nicht einmal auf diesen Gedanken. Hängt er weniger an mir? In Paris sind wir durch ein so dichtes Netz von Gewohnheiten verbunden, daß kein Raum für irgendeine Frage bleibt. Aber was bleibt unter diesem Panzer an Wahrem und Lebendigem? Zu wissen, was er mir bedeutet, sagt mir nicht, was ich ihm bedeute. «Ich werde mit ihm sprechen», beschloß sie. In Moskau hatte Mascha genug zu tun, sie brauchten sie nicht die ganze Zeit bei sich zu behalten. Doch warum Zweisamkeit erzwingen, wenn er spontan keine Lust dazu hatte? Nein. Sie würde nicht mit ihm reden. Sie begann einen Brief an Philippe.

«Dies ist eine Kirche, die noch benutzt wird. Wollen Sie hineingehen?» sagte Mascha.

«Natürlich», sagte Nicole. «Was für ein schönes goldenes Licht.»

An den Wänden, an der Ikonostase, leuchteten sanft die Ikonen, und sogar im Halbdunkel schien Gold zu fließen. Aber André wurde vom Geruch übel: dem Geruch des Weihrauchs, der Kerzen und der alten Großmütter, die auf Knien am Boden rutschten, murmelten, sich verneigten und die Steine küßten. Es war noch schockierender als in den katholischen Kirchen. Eine näselnde Stimme erhob sich links im Hintergrund. Sie traten näher. Seltsames Schauspiel. Um einen Popen mit langem seidig-schwarzem Bart und in vollem Ornat gingen junge Männer und Frauen im Kreise, von denen jeder ein weißgekleidetes schreiendes Baby im Arm hielt. Der Pope besprenkelte die Säuglinge mit einem Weihwedel, während er Gebete herunterleierte. Es wirkte fast wie ein Spiel, wie die Eltern die Kinder wiegten und im Kreis herumgingen.

«Eine Taufe am Fließband! So etwas habe ich noch nie gesehen», sagte Mascha.

«Kommt es oft vor, daß Kinder getauft werden?»

«Wenn man eine alte fromme Mutter hat und ihr keinen Kummer machen will.»

«Und dort, was ist das?» fragte Nicole.

Kisten lehnten an der Wand: leere Särge. Sechs standen nebeneinander auf dem Boden, in jedem ein Toter: die Gesichter, nicht zugedeckt, wächsern, mit Kinnband, glichen sich alle.

«Gehen wir», sagte Nicole.

«Beeindruckt es dich?»

«Sehr. Dich nicht?»

«Nein.»

Seinen eigenen Tod faßte er mit Gleichgültigkeit ins Auge: überleben, sich überleben, schien ihm härter, als zu sterben. Der Tod der anderen... Er hatte sich abgeschottet. Mit fünfundzwanzig Jahren hatte er geschluchzt, als er seinen Vater verloren hatte. Und vor zwei Jahren hatte er ohne eine Träne seine Schwester beerdigt, die er doch sehr geliebt hatte. Und seine Mutter? Mascha dachte an sie im selben Moment wie er.

«Ich würde gern meine Großmutter sehen, bevor sie stirbt», sagte sie. «Wird es dir weh tun, wenn sie stirbt?»

Er zögerte: «Ich weiß nicht.»

«Aber du liebst sie!» sagte Nicole überrascht. «Mir wird es weh tun», sagte sie. «Und außerdem wird es eine seltsame Wirkung auf mich haben. Niemand mehr aus der Generation vor uns. Das wird uns um eine Stufe zurückdrängen.»

Sie fuhren mit dem Taxi zum Newskij-Prospekt zurück, wo sie sich in ein Café im Freien setzten. Er bestellte einen Cognac: nicht besonders gut, aber in den Cafés gab es keinen Wodka. Der Cognac war viel teurer, damit die Säufer abgeschreckt würden. Eine Menge Leute kamen mit einer Wodka-Flasche in der Tasche.

«Gibt es viele religiöse Beerdigungen?»

«Nein. Auch da sind es vor allem die alten Frauen, die auf die Kirche nicht verzichten wollen, oder ihre Toten dorthin bringen.» Mascha zögerte: «Immerhin, an einem Sonntag morgen habe ich eine Moskauer Kirche betreten und war erstaunt. Viele Männer waren da, mittleren Alters oder sogar junge. Viel mehr als früher.»

«Das ist bedauerlich», sagte André.

«Ja.»

«Wenn die Leute Lust haben, an den Himmel zu glauben, so weil es auf der Erde nicht mehr viel gibt, woran sie glauben könnten. Es bedeutet, daß die Politik des Wohlstands, mit der man hier beginnt, nicht so glücklich ist, wie du sagst.»

«Ach! Wohlstand! Übertreibe nicht», sagte Mascha. «Ich habe nie geleugnet, daß wir uns heute in einer ideologischen Rückzugsphase befinden», fügte sie hinzu.

«Wie lange wird diese Phase dauern?»

«Ich weiß nicht. Junge Leute wie Wassilij und seine Freunde sind voller Enthusiasmus. Sie werden für einen Sozialismus kämpfen, der weder Glück noch Freiheit ausschließt.»

«Schönes Programm», sagte André skeptisch.

«Glaubst du nicht daran?»

«Das habe ich nicht gesagt. Aber auf jeden Fall werde ich diesen Sozialismus nicht erleben.»

Ja, sein Unbehagen hatte einen Namen, einen Namen, den er nicht mochte, den er aber benutzen mußte: Enttäuschung. Im allgemeinen hatte er einen Horror vor Reisenden, die aus China, Kuba, der UdSSR oder sogar aus den USA zurückkamen und sagten: Ich bin enttäuscht. Es war falsch von ihnen, sich im voraus ein Bild zu machen, das die Fakten dann widerlegten; sie waren schuld, und nicht die Realität. Na ja, er empfand etwas Ähnliches. Vielleicht wäre es anders gewesen, wenn er die unberührte Erde Sibiriens gesehen oder die Städte, in denen die Wissenschaftler arbeiteten, besucht hätte. In Moskau und Leningrad fand er jedoch nicht, was er erhofft hatte. Was genau hatte er erhofft? Es war unbestimmt. Auf jeden Fall hatte er es nicht gefunden. Natürlich gab es einen großen Unterschied zwischen der UdSSR und dem Westen. Während der technische Fortschritt in Frankreich die Kluft zwischen Privilegierten und Ausgebeuteten noch vertiefte, waren hier die ökonomischen Strukturen derart, daß der Fortschritt eines Tages allen zugute kommen würde. Der Sozialismus würde schließlich Realität werden. Eines Tages würde er in der ganzen Welt siegen. Es handelte sich nur um eine Rückzugsphase. In der ganzen Welt – außer vielleicht in China, aber was man darüber wußte, war ungewiß und kaum beruhigend – durchlief man eine Rückzugsphase. Man würde sie überwinden, gewiß. Das war möglich, wahrscheinlich. Eine Wahrscheinlichkeit, die André niemals überprüfen würde. Für die jungen Leute war dieser Augenblick nicht schlimmer als irgendein anderer, nicht schlimmer als die Zeit, zu der er zwanzig Jahre alt war: nur stellten diese Jahre, die für sie ein Ausgangspunkt waren, für ihn einen Schlußpunkt dar: einen Abstieg. Alt wie er war, würde er den Aufschwung, der vielleicht folgen würde, nicht miterleben. Der Weg zum Guten ist schlimmer als das Schlechte, sagt Marx.* Wenn man jung ist und die Illusion der Ewigkeit vor sich hat, springt man in einem Satz bis zum Ende des Weges; später hat man nicht mehr genügend Kraft, um über das, was die Unkosten der Geschichte genannt wurde, hinauszukommen, und man fin-

* Hier handelt es sich nicht um ein Marx-Zitat, sondern um eine verkürzende Zusammenfassung Marxscher Gedanken über die *faux frais*, die Unkosten der Geschichte.

det sie schrecklich hoch. Er hatte auf die Geschichte gesetzt, um sein Leben zu rechtfertigen: er setzte nicht mehr darauf.

Im Grunde war die Zeit ziemlich schnell vergangen. Zwei angenehme Tage in Nowgorod; und in weniger als einer Woche würde sie Paris wiederfinden, ihre Wohnung, ihr Leben, und André. Er lächelte ihr zu:

«Du wolltest eine Datscha besuchen: Nun, es klappt», sagte er.

«Wie nett Mascha ist!»

«Es ist die Datscha einer Freundin, dreißig Kilometer entfernt. Jurij wird uns mit dem Auto hinfahren, nicht diesen Sonntag, sondern nächsten.»

«Nächsten? Aber wir fahren doch Dienstag.»

«Aber nein, Nicole: du weißt doch, wir haben beschlossen, zehn Tage länger zu bleiben.»

«Ihr habt das beschlossen, ohne mir auch nur ein Wort davon zu sagen!» entgegnete Nicole.

Plötzlich waren rote Rauchschwaden in ihrem Kopf, ein roter Nebel vor ihren Augen, etwas Rotes schrie in ihrer Brust. Er macht sich über mich lustig! Nicht ein Wort!

«Aber ja doch, ich habe mit dir darüber geredet. Niemals hätte ich diese Entscheidung getroffen, ohne mit dir darüber zu reden. Du warst einverstanden.»

«Du lügst!»

«Es war an dem Tag, an dem ich bei Mascha etwas Wodka getrunken hatte und du behauptetest, es gäbe Vorzeichen. Wir haben im Baku zu Abend gegessen. Danach, als wir allein waren, habe ich mit dir darüber geredet.»

«Du hast nichts gesagt; niemals. Du weißt es sehr gut. Ich schwöre dir, ich hätte es registriert. Du hast ohne mich entschieden, und jetzt lügst du.»

«Du hast es vergessen. Überleg mal: Habe ich dich je vor eine vollendete Tatsache gestellt?»

«Alles hat einen Anfang. Und obendrein lügst du. Das, das ist nicht das erste Mal.»

Früher hatte er nie gelogen. Aber in diesem Jahr hatte er wegen Kleinigkeiten gelogen; zweimal. Er hatte sich lachend entschuldigt: «Das ist das Alter; man wird faul; es hätte zu viel Zeit gekostet, offen zu reden, ich habe es kurz gemacht.» Er hatte versprochen, es nicht wieder zu tun. Er tat es wieder. Und heute war es ernster als die Sache mit der leeren Flasche, mit dem verheimlichten Arztbesuch. Ihre Wut. Selten, sehr selten hatte sie Wut auf André gehabt. Aber dann war es ein Tornado, der sie Tausende Kilometer weit von ihm und von sich selbst wegtrug, weg aus ihrem Leben, ihrer Haut, in eine entsetzliche, zugleich eisige und glühende Einsamkeit...

Er sah auf ihr verändertes, verstocktes Gesicht, mit den zusammengepreßten Lippen, dieses Gesicht, das ihn früher so sehr erschreckt hatte, das ihn immer noch aufwühlte. Ich habe es ihr gesagt, und sie hat es vergessen. Zu der Zeit gefiel es ihr hier noch, zehn Tage mehr oder weniger, das spielte keine so große Rolle. Sie hatte angefangen, sich allmählich zu langweilen, Philippe fehlte ihr, ich genüge ihr nicht, ich habe ihr nie genügt. Ich habe es ihr gesagt, in diesem Zimmer, nach dem Abendessen im Baku. Aber wie alle Leute, die ihr Gedächtnis für unfehlbar halten, gab sie nicht zu, daß sie sich je täuschen konnte. Immerhin wußte sie doch, daß er nichts beschloß, ohne sie zu Rate zu ziehen, und während dieser Reise hatte er sich nach ihr gerichtet. Zehn Tage mehr oder weniger in Moskau, das war doch halb so schlimm.

«Hör mal, zehn Tage länger hier, ist doch kein Drama.»

Nicoles Augen funkelten vor Wut, man hätte fast meinen können, Haß: «Ich langweile mich! Du merkst es nicht, daß ich mich langweile!»

«Ach, ich merke es. Philippe fehlt dir, und deine Freunde. Ich weiß sehr wohl, daß ich dir nie genügt habe.»

«Geh, laß mich allein. Ich kann dich nicht mehr sehen. Geh.»

«Und Jurij und Mascha? Sie warten unten auf uns.»

«Sag ihnen, ich hätte Kopfweh. Sag ihnen irgend etwas.»

Er schloß die Tür, bestürzt. «Sie langweilt sich dermaßen mit mir!» Sie hatte noch nicht einmal protestiert, als er ihr gesagt hatte: «Ich habe dir nie genügt.» Es lag ihm nicht viel daran zu bleiben, aber Mascha rechnete damit; er wollte ihr keinen Kummer machen. Nicole hätte verstehen müssen... Aber beim Gedanken an Streit blieb ihm das Herz stehen. Jeder Mißklang zwischen ihnen war ihm unerträglich. Na ja, er würde gleich nach dem Abendessen zurückkommen, sie würde sicher einwilligen und ihm zuhören. Konnte es sein, daß er es unterlassen hatte, mit ihr zu sprechen? Nein, er sah sich, wie er im Pyjama auf dem Bett saß, während sie ihre Haare bürstete. Was hatte sie geantwortet? «Warum nicht?» oder so ähnlich. Ich beschließe nie etwas ohne sie, sie weiß das sehr wohl.

Sobald die Tür zu war, überwältigten sie die Tränen. Als ob sie André, ohne daß er gestorben wäre, für immer verloren hätte. In weniger als einer Minute kann die Guillotine einen Kopf abhacken; in weniger als einer Minute hatte ein Satz ihr Band zu André zerschnitten: Wie hatte sie sich einbilden können, sie seien fest miteinander verbunden? Wegen ihrer Vergangenheit hielt sie es für ausgemacht, daß er genauso an ihr hing wie sie an ihm. Aber man ändert sich, er hatte sich geändert. Daß er log, war nicht das Schlimmste: er log aus Feigheit, wie ein Kind, das Angst hat, ausgeschimpft zu werden. Am schlimmsten war, daß er diese Entscheidung mit Mascha getroffen hatte, ohne an sie zu denken, daß er sie völlig *vergessen* und unterlassen hatte, sie zu Rate zu ziehen, sogar, sie zu unterrichten. Den Mut haben, den Dingen ins Auge zu sehen: drei Wochen lang hat er nicht einmal versucht, Zweisamkeit herzustellen; all sein Lächeln, all seine Zärtlichkeit gelten Mascha; was ich wünsche oder nicht wünsche, ist ihm schnuppe. «Bleiben wir also in Moskau. Bleiben wir in Leningrad.» Es gefiel ihm hier. Er hielt es für ausgemacht, daß es ihr hier auch gefiel. Das ist keine Liebe mehr: ich bin gerade noch eine Gewohnheit.

Sie ertrug sich nicht mehr in diesem Zimmer. Sie machte ihr Gesicht wieder zurecht, ging hinunter auf die Straße. Laufen: Sie hatte das oft getan, um Ängste, Wut zu besänftigen, Bilder zu beschwören. Nur war sie keine zwanzig mehr, nicht einmal fünfzig, die Müdigkeit packte sie schnell. Sie setzte sich in einem Square auf eine Bank, einem Bassin gegenüber, in dem ein Schwan schwamm. Leute starrten sie im Vorbeigehen an, sie sah wahrscheinlich verstört aus, oder man erkannte in ihr einfach eine Ausländerin. Er aß gerade mit Jurij und Mascha, wahrscheinlich im Restaurant des Hafenbahnhofs am Ufer der Moskwa, wie sie es vorgehabt hatten. Vielleicht hatte der Abend für ihn einen unangenehmen Beigeschmack, nicht einmal das war sicher, er besaß die Kunst, sich dem Augenblick hinzugeben, wegzuwischen, was ihn störte. Er vergaß es, schob es weg, er sagte sich, er würde sie beruhigt vorfinden. Er war schon immer so gewesen: Sofern er glücklich war, hatte sie es auch zu sein. Tatsächlich gab es keine wirkliche Symmetrie zwischen ihrer beider Leben. Er hatte genau das bekommen, was er sich wünschte: ein Heim, Kinder, Freizeit, Vergnügungen, Freundschaften und ein paar Aufregungen. Während sie auf alle Ambitionen ihrer Jugend verzichtet hatte: seinetwegen. Niemals hatte er sich das klargemacht. Seinetwegen war sie diese Frau, die nicht mehr wußte, wie sie die Zeit nutzen konnte, die ihr zu leben blieb. Ein anderer hätte sie gedrängt zu arbeiten, hätte ein Beispiel gegeben. Er, er hatte sie davon abgehalten. Sie stand mit leeren Händen da, hatte nur ihn auf der Welt, ihn, den sie plötzlich nicht mehr hatte. Entsetzlicher Widerspruch der Wut, die der Liebe entspringt und die Liebe tötet. Sie stellte sich dauernd das Gesicht, die Stimme Andrés vor und fachte so einen Groll an, der sie zerstörte. Wie bei diesen Krankheiten, bei denen man sein eigenes Leiden hervorruft, wenn das Atmen einem die Lunge zerreißt und man dennoch atmen muß. «Na und, was denn?» fragte sie sich abgestumpft, als sie zum Hotel zurückging. Kein Ausweg. Sie würden weiter zusammenleben, sie würde ihre Klagen hinunterschlucken, viele Paare vegetieren so dahin, resigniert, unter Kompromissen. Einsam. Ich bin einsam. Neben André bin ich einsam. Mir das bewußtmachen.

Sie stieß die Tür des Zimmers auf. Auf dem Bett Andrés Pyjama, auf dem Boden seine Pantoffeln, auf dem Nachttisch eine Pfeife und ein Päckchen Tabak. Einen Augenblick lang existierte er auf schmerzliche Weise, als ob eine Krankheit oder ein Exil ihn von ihr entfernt und sie ihn in diesen hinterlassenen Gegenständen wiedergefunden hätte. Tränen stiegen ihr in die Augen. Sie sperrte sich. Sie nahm aus ihrer Reiseapotheke ein Röhrchen Schlaftabletten, schluckte zwei Tabletten hinunter und legte sich ins Bett.

«Ich bin einsam!» Angst schmetterte sie nieder: die Angst zu existieren, die noch unerträglicher war als die Angst zu sterben. Einsam wie ein Stein inmitten einer Wüste, aber dazu verdammt, sich ihrer nutzlosen Gegenwart bewußt zu sein. Ihr ganzer Körper war verknäult, verkrampft, ein stummer Schrei. Und dann ließ sie sich zwischen die Bettlaken gleiten und sank in Schlaf.

Als sie am Morgen aufwachte, schlief er, zusammengekauert, die Hand gegen die Wand gestützt. Sie wandte den Blick ab. Kein Drang zu ihm hin. Ihr Herz war eiskalt und düster wie eine unbenutzte Kapelle, in der kein einziges Licht brennt. Die Pantoffeln, die Pfeife rührten sie nicht mehr: sie erinnerten an keinen lieben Abwesenden; sie waren nur eine Verlängerung der fremden Person, die dasselbe Zimmer bewohnte. «Ich hasse ihn», sagte sie sich verzweifelt. «Er hat die ganze Liebe getötet, die ich für ihn hatte!»

Sie ging im Zimmer auf und ab, stumm, feindlich. In ihrer Jugend war er oft an diesem verschlossenen Gesicht abgeprallt: «Ich dulde nicht... Man darf nicht...» Damals versteinerte ihn diese Strenge. Er war älter als sie, aber lange hatte er alle Erwachsenen als älter betrachtet. Heute verlor er die Geduld: Wie lange wird sie noch maulen? Sie übertrieb. Er hatte alles getan, damit sie während dieser Reise zufrieden war. Und ihr ganzes Leben lang. Er blieb ihretwegen in Paris... Selbst wenn sie das Gespräch vergessen hatte, hätte sie ihm ein bißchen vertrauen sollen. Es war fast, als hätte sie die Gelegenheit beim Schopfe gepackt: Welchen Groll hegte sie? Bedauerte sie, keinen brillanteren Mann gehabt zu haben? Dann liebte sie ihn nicht wirklich. Hätte sie ihn wirklich geliebt, hätte sie sich nicht mit ihm gelangweilt. Am Anfang ihrer Ehe hatte er unter ihrer Lauheit gelitten; aber er sagte sich, eines Tages... Er hatte geglaubt, dieser Tag sei gekommen. Offenbar nicht. Vom Alter hatte er einen einzigen Ausgleich erwartet: Philippe war verheiratet, sie pensioniert, er würde Nicole ganz für sich haben. Aber wenn sie ihn nicht liebte, wenn er ihr nicht genügte, wenn sie sich auf ihren Groll versteifte, war dieser Traum von Einsamkeit zu zweit ziemlich kompromittiert. Sie würden dieses traurige Alter jener Menschen haben, die nur zusammenbleiben, weil man sich nach einem gewissen Alter nicht wirklich trennen kann. Nein, er konnte es nicht glauben. War das dieselbe Frau – die, deren Lächeln gestern noch vor Zärtlichkeit strahlte, und die, der eine wütende Grimasse die Lippen zusammenpreßte?

«Was für ein Gesicht du machst!»

Sie antwortete nicht, und ihn packte die Wut. «Weißt du, wenn du vor mir abfahren willst, ich halte dich nicht zurück.»

«Das habe ich vor.»

Er war erschüttert – er hatte nicht geglaubt, daß sie sein Angebot ernst nehmen würde. Nun, soll sie fahren, sagte er sich. Zumindest sehe ich klar, ich kann mich nicht mehr täuschen, ich bin für sie eine alte Gewohnheit, aber sie hat mich nie in Liebe geliebt. Früher war mir das klar, und dann habe ich es vergessen. Mich daran erinnern. Mir das Herz panzern. Sie machen lassen, was sie will. Und machen, was ich will. Er dachte an den Garten in Villeneuve, an den Duft der Zypressen und der von Sonne erdrückten Rosen. Wenn ich aus Moskau zurück bin, verlasse ich Paris, ich werde mich in der Provence niederlassen, es ist zu dumm, daß ich mich für sie aufopfere. Jeder für sich.

Es stimmt also, was behauptet wird, daß man nicht kommunizieren kann, daß niemand den anderen versteht? fragte sich Nicole. Sie sah André an, wie er auf Maschas Diwan saß, ein Glas Wodka in der Hand, und sie dachte, sie müsse ihre ganze Vergangenheit revidieren. Sie hatten nebeneinander hergelebt, jeder für sich, den anderen nicht beachtend und nicht miteinander verbunden, nicht transparent. Bevor sie heute früh ihr Zimmer verließen, hatte André sie zögernd angeschaut, er hätte gern eine Aussprache angefangen. Sie hatte die Tür geöffnet, er war ihr gefolgt, und im Taxi hatten sie geschwiegen. Es gab nichts zu klären. Diese Wut, dieser Schmerz, diese Erstarrung ihres Herzens, Worte würden daran abprallen. Soviel Nachlässigkeit, soviel Gleichgültigkeit! Vor Mascha hatten sie den ganzen Tag eine höfliche Komödie gespielt. Wie kann ich ihr ankündigen, daß ich vor André abfahre?

Er trank ein viertes Glas Wodka, er war frei. Als er jung war, hatte der Alkohol ihn lyrisch und charmant gestimmt, er faselte ein wenig, aber ohne zu stammeln, ohne zu taumeln. Jetzt – seit wann? – verhaspelte er sich, seine Bewegungen waren unbeholfen, und der Arzt hatte gesagt, Alkohol und

Tabak würden ihm schaden, er nähme schluckweise seinen Tod zu sich; wiederum, ätzender noch als die Wut, machte die Angst sie verstockt. «Er trinkt zuviel.» Sie preßte die Lippen zusammen. Er war frei, er konnte sich langsam umbringen, wenn es ihm Spaß machte, ohnehin würden sie alle beide schließlich sterben, und in gewissen Fällen ist das genauso gut, wie zu leben. In der Art, wie er versuchte, mit Mascha ein Gespräch auf Russisch zu führen, lag etwas Seniles. Sie lachte über seinen Akzent, sie verstanden sich wie zwei, die unter einer Decke stecken. Hin und wieder betastete er besorgt seine Wange. Nicole hatte Lust zu schreien: «Wir sind nicht so alt, noch nicht, nein!» Er war verändert; sie hatte es auf dieser Reise bemerkt – vielleicht weil sie ihn zwar nie allein, aber doch die ganze Zeit sah. Er hatte keine Lust mehr, sich leben zu lassen. Früher mochte er nichts als leben. Aber leben bedeutete für ihn unablässiges Erfinden, ein freudiges, unvorhergesehenes Abenteuer, zu dem er sie mitriß. Jetzt machte er auf sie den Eindruck, dahinzuvegetieren: das ist das Alter, ich will nicht.

Etwas wankte in ihrem Kopf. Wie wenn man einen Schlag über den Schädel bekommen hat, der Blick trübe geworden ist und man von der Welt zwei Bilder auf unterschiedlichen Ebenen wahrnimmt, ohne sagen zu können, was sich oben und was unten befindet. Die beiden Bilder, die sie von ihrem Leben hatte, von der Vergangenheit, von der Gegenwart, paßten nicht zusammen. Irgendwo war ein Fehler. Dieser Augenblick log: das war nicht er, das war nicht sie, diese Szene spielte sich woanders ab... Ach nein! die Vergangenheit war ein Trugbild, das kommt häufig vor. Wie viele Frauen täuschen sich über ihr Leben, ein Leben lang. Ihres war nicht das gewesen, was sie sich vormachte. Weil André impulsiv, gefühlsbetont war, hatte sie geglaubt, er liebe sie leidenschaftlich. In Wirklichkeit vergaß er sie, sobald er sie nicht sah; ein Dritter zwischen ihnen störte ihn nicht. Für sie war die Gegenwart Andrés eine unerschöpfliche Freude, aber ihre war es nicht für ihn. Vielleicht falle ich ihm sogar zur Last, bin ihm immer zur Last gefallen.

«Mascha, wir müssen etwas regeln: meine Abreise. Wissen Sie, ich habe Verpflichtungen in Paris.»

«Ach, kein Schmonzes», sagte André. Er wandte sich seiner Tochter zu: «Sie ist böse auf mich, sie behauptet, ich hätte beschlossen, unseren Aufenthalt hier zu verlängern, ohne sie zu fragen. Nun, du kannst dir vorstellen, daß ich mit ihr darüber geredet habe.»

«Sicher», sagte Mascha heftig. «Das erste, was er mir gesagt hat, als ich den Vorschlag machte, ihr solltet ein bißchen länger bleiben, war: Ich werde mit Nicole darüber reden.»

Diese Komplizenschaft zwischen ihnen!

«Er hat es nicht getan. Er hat es vergessen, und er lügt mich an.»

Wieder ihr Gorgonenhaupt. Aber zum erstenmal im Leben schüchterte sie ihn nicht ein. Sie hatte unrecht, radikal unrecht. Mascha versuchte, die Sache einzurenken, Nicole antwortete kühl und sah vorwurfsvoll zu, wie er sich Wodka einschenkte, sie ist dabei, eine Spielverderberin zu werden. Er trank den Wodka in einem Zug, wie die Russen, voller Herausforderung.

«Du kannst dich betrinken, es ist mir vollkommen egal», sagte sie mit eiskalter Stimme.

«Ich bitte Sie, fahren Sie nicht so schnell nach Paris zurück, ich bin untröstlich», sagte Mascha.

«Sie vielleicht, aber er nicht.»

«Nein, ich nicht.»

«Sehen Sie. In diesem Punkt sind wir uns zumindest einig. Er wird zehn Flaschen Wodka runterkippen können, ohne daß jemand protestiert.»

«Vor allem ist es nicht lustig, dich mit deinem Flunsch zu sehen. Ich glaube, eine kleine Trennung wird uns beiden guttun. Nach meiner Rückkehr aus Moskau fahre ich nach Villeneuve. Und ich bitte dich nicht mitzukommen.»

«Sei unbesorgt, ich komme nicht mit.»

Sie stand auf: «Wir können uns nicht mehr sehen: sehen wir uns also nicht mehr.»

Sie ging zur Tür. Mascha faßte sie am Arm: «Das ist dumm. Kommen Sie zurück. Reden Sie miteinander.»

«Wir haben beide keine Lust dazu.»

Die Tür schlug zu.

«Du hättest sie hindern sollen wegzugehen», sagte Mascha.

«Ich habe heute früh versucht, mit ihr zu reden; sie will davon nichts wissen. Der Teufel soll sie holen!»

«Es stimmt, du trinkst ein bißchen zuviel», sagte Mascha.

«Gut. Stell die Flasche weg.»

Sie stellte die Flasche weg und setzte sich André gegenüber, mit ratloser Miene.

«Ihr hattet beide im Baku ziemlich viel getrunken. Du hast vielleicht vergessen, mit ihr zu reden, und geglaubt, es getan zu haben.»

«Oder sie hat das Gespräch nicht behalten, weil sie sofort danach eingeschlafen ist, ein bißchen betrunken.»

«Auch das ist möglich. Aber auf jeden Fall seid ihr beide aufrichtig; warum sich also böse sein?»

«Ich leugne nicht ihre Aufrichtigkeit. Sie behauptet, ich würde lügen. Dazu hat sie kein Recht.»

Mascha lächelte: «Ich hätte niemals gedacht, daß ihr euch so streiten könntet... wie Kinder.»

«Mit über sechzig? Aber weißt du, was sie sind, die Erwachsenen und sogar die Greise? Mit Jahren vollgepumpte Kinder.»

Gerade wegen ihres Alters war ihm dieser Streit widerwärtig. Nicole verriet dieses ganze lange Einvernehmen, das hinter ihnen lag. Um an seiner Aufrichtigkeit zweifeln zu können, war es wahrscheinlich, daß sie ihm nie ihr volles Vertrauen, ihre Wertschätzung geschenkt hatte. Und immer diese Kontrolle, wieviel er trank: es macht ihr Spaß, mir zuzusetzen. Er wollte nicht mehr an sie denken.

«Reich mir die Prawda, arbeiten wir.»

«Jetzt?»

«Ich bin nicht besoffen», sagte er etwas aggressiv.

Er fing an, einen Artikel zu übersetzen. Nach einem Augenblick stand sie auf: «Ich rufe an, um zu sehen, ob Nicole gut angekommen ist.»

«Warum sollte sie denn nicht?»

«Sie schien dermaßen außer sich.»

«Ich spreche auf keinen Fall mit ihr.»

Nicole war nicht da. Auch nicht eine Stunde später, um Mitternacht. Oder sie war da, aber ging nicht ans Telefon.

«Ich gehe mit dir hoch», sagte Mascha, als sie das Auto vor dem Hotel parkte. «Ich will sicher sein, daß sie da ist.»

Die Etagenfrau gab André den Schlüssel. Nicole war also nicht da. Die Stille, die Leere des Zimmers schnürten ihm das Herz zusammen. Die Umnebelung durch den Wodka war verflogen, und mit ihr die Wut.

«Wo kann sie sein?»

Er mochte sich nicht vorstellen, wie sie durch diese schlafende Stadt irrte, in der alle Bistros geschlossen waren.

«Ein Lokal ist offen, vielleicht ist sie dort: die Bar des Hotel National.»

«Gehen wir hin», sagte er.

Nicole saß vor einem Whiskyglas, die Mundwinkel heruntergezogen, der Blick starr.

André hätte ihr gern den Arm um die Schultern gelegt, sie geküßt. Aber bei seinem ersten Wort hätte sich ihr Gesicht verändert, sich verhärtet. Er kam näher und lächelte schüchtern. Ihr Gesicht veränderte sich, verhärtete sich.

«Was wollt ihr denn hier?»

Sie hatte getrunken; ihre Worte verhaspelten sich.

«Wir wollten dich mit dem Auto abholen.»

Er legte leicht die Hand auf ihre Schulter. «Komm, trinken wir einen zusammen. Versöhnen wir uns.»

«Keine Lust. Und ich gehe nach Hause, wann ich will.»

«Wir warten auf dich», sagte er.

«Nein. Ich gehe zu Fuß. Allein. Ich finde es ein bißchen stark, mich hier aufzuspüren.»

«Laßt mich euch jetzt nach Hause bringen», sagte Mascha. «Bitte, tun Sie es für mich. Sonst werden wir bis zwei Uhr warten, und ich muß morgen früh aufstehen.»

Nicole zögerte: «Gut. Aber es ist für Sie. Nur für Sie», sagte sie.

Das Licht drang durch ihre Lider. Sie hielt sie geschlossen. Ihr Kopf war schwer, und ihr war todtraurig zumute. Warum hatte sie sich betrunken? Sie schämte sich. Kaum zurück, hatte sie ihre Kleider irgendwohin geworfen und war zusammengebrochen. Sie war in schwarze Tiefen gesunken, flüssig und zum Ersticken, Erdöl, und heute früh tauchte sie mit Mühe auf. Sie öffnete die Augen. Er saß in einem Sessel am Fußende des Bettes, blickte sie an und lächelte: «Mein Kleines, wir können nicht so weitermachen.»

Plötzlich war er es, sie erkannte ihn wieder; Vergangenheit, Gegenwart: ein einziges Bild. Aber in ihrer Brust war immer noch diese Eisenklinge. Ihre Lippen zitterten. Sich noch mehr sperren, untergehen, in dichte Finsternis versinken. Oder versuchen, diese Hand, die ausgestreckt war, zu ergreifen. Er sprach, gleichmäßig, beruhigend; sie liebte seine Stimme. Niemand kann sich seines Gedächtnisses sicher sein, sagte er. Vielleicht hatte er nicht mit ihr geredet: aber er war aufrichtig, als er behauptete, es getan zu haben. Auch sie war sich nicht mehr sicher. Sie machte eine Anstrengung: «Nun, wie auch immer, vielleicht hast du mit mir geredet, ich habe es vergessen. Es sollte mich wundern, aber es ist nicht ausgeschlossen.»

«Jedenfalls gibt es keinen Grund, daß wir uns böse sind.»

Sie rang sich ein Lächeln ab. «Keinen», sagte sie.

Er kam zu ihr, legte seine Arme um ihre Schultern, küßte sie auf die Schläfe. Sie klammerte sich an ihn und begann zu weinen, die Wange an seiner Jacke. Warme Wollust der Tränen, die über die Wange fließen. Was für eine Entspannung! Es ist so ermüdend, jemanden zu hassen, den man liebt. Er sagte die alten Worte: «Mein Kleines, mein Liebling...»

«Ich war dumm.»

«Und ich unbesonnen. Ich hätte noch mal mit dir reden müssen. Ich hätte verstehen müssen, daß du dich langweilst.»

«Ach, ich langweile mich nicht so sehr. Ich habe übertrieben.»

Ich langweile mich, weil ich dich nicht allein sehe – diese Worte kamen ihr nicht über die Lippen. Das hätte wie ein Vorwurf geklungen. Oder wie eine Bitte. Sie stand auf, ging ins Badezimmer.

«Hör mal», sagte er, als sie ins Zimmer zurückkam. «Wenn du vor mir fahren willst, fahr. Aber wenn ich dich begleiten würde, wäre Mascha sehr betrübt. Sie hat mir gestern abend den Vorschlag gemacht. Aber das wäre nicht nett. Ich möchte gern, daß du bleibst», fügte er hinzu.

«Natürlich bleibe ich», sagte sie.

Sie war in die Enge getrieben. Ohne Wut, entwaffnet, hätte sie nicht die Kraft, diesen feindseligen – und so grundlosen! – Schritt zu machen. Was erwartete sie in Paris?

«Nun, auch mir wird die Zeit allmählich lang», sagte er. «In Moskau als Tourist zu leben ist nicht alle Tage lustig.»

«Jedenfalls sind, wie du sagtest, zehn Tage kein Drama», sagte sie.

Auf dem Flur hakte sie sich bei ihm unter. Sie waren wieder versöhnt; aber sie hatte das Bedürfnis, sich seiner Gegenwart zu vergewissern.

In der Dunkelheit des Kinos sah André verstohlen auf Nicoles Profil. Seit ihrem Streit vor zwei Tagen schien sie ihm ein bißchen traurig. Oder projizierte er seine eigene Traurigkeit auf sie? Zwischen ihnen war es nicht mehr so wie vorher. Vielleicht tat es ihr leid, daß sie eingewilligt hatte, noch zehn Tage in Moskau zu bleiben? Oder war er selbst tiefer von ihrem Mißtrauen und ihrer Wut verletzt, als er angenommen hatte? Er brachte es nicht fertig, sich für die Geschichte dieser Pilotin zu interessieren. Er hing trüben Gedanken nach. Verwunderlich, daß Mascha sich vorstellte, alt werden bedeute reicher werden! Viele Leute glauben das. Die Jahre geben dem Wein sein Bukett, den Möbeln ihre Patina, den Menschen Erfahrung und Weisheit. Jeder Augenblick wäre umhüllt und gerechtfertigt vom nächsten Augenblick, der eine im Vergleich zu jenem erfülltere Zukunft vorbereitet, und schließlich würden sogar die Niederlagen etwas einbringen. «Jedes Atom Schweigen birgt die Chance einer reifen Frucht.» Er war nie darauf hereingefallen. Aber er sah das Leben auch nicht wie Montaigne als eine Aufeinanderfolge von Toden: der Säugling ist nicht der Tod des Embryos, das Kind nicht der des Säuglings. Nie hatte er Nicole sterben und wiederauferstehen sehen. Er lehnte sogar den Gedanken Fitzgeralds ab: «Das Leben ist ein Verfallsprozeß.» Er hatte nicht mehr den Körper eines Zwanzigjährigen, sein Gedächtnis ließ etwas nach, aber er fühlte sich nicht geschwächt. Und Nicole war es gewiß nicht. Bis vor kurzem war er fest davon überzeugt gewesen, daß sie sich auch mit achtzig nicht verändert haben würden. Daran glaubte er nicht mehr. Dieser unverbesserliche Optimismus, den Nicole ausstrahlte, war weniger stark als früher. Da waren diese Zähne, die er im Traum ausspuckte, dieses Gebiß, das drohte: am Horizont der Verfall. Er hatte gehofft, daß zumindest ihre Liebe niemals abnehmen würde; es schien ihm sogar, daß ihm Nicole im Alter mehr gehören würde. Und nun ging zwischen ihnen etwas kaputt.

Wie konnte man in ihren Gesten, in ihren Worten unterscheiden, was nur gewohnheitsmäßige Wiederholung der Vergangenheit und was neu und lebendig war? Seine Gefühle für Nicole waren so jung wie am ersten Tag. Aber ihre? Es gab keine Worte, um sie danach zu fragen.

«Suchen Sie sich Bücher aus», sagte Mascha zu Nicole. Mit einer Beflissenheit, die ihr etwas auf die Nerven ging, bemühten sie sich, sie zu zerstreuen. Gestern abend ein guter Film; aber diese Geschichte mit einer Pilotin heute nachmittag war todlangweilig. Lesen, natürlich, was sonst? Mascha arbeitete an einer Übersetzung, André versuchte mit einem Wörterbuch die *Prawda* zu entziffern. Sie sah die Pléiade-Ausgaben an, die auf einem Regal aufgereiht standen. Romane, Novellen, Memoiren, Erzählungen: sie hatte sie alle gelesen, oder fast alle, aber woran erinnerte sie sich, abgesehen von den Texten, die sie im Unterricht durchgenommen hatte? *Manon Lescaut* hatte sie im Jahr ihrer Licence* Satz für Satz zerpflückt, und sie erinnerte sich an keine einzige Episode mehr genau. Und doch fühlte sie sich träge beim Gedanken, diese Seiten, die sie sich nicht mehr in Erinnerung rufen konnte, wiederzufinden. Noch einmal lesen langweilte sie. Man erinnert sich allmählich, oder zumindest hat man die Illusion. Man wird um das gebracht, was die Freude des Lesens ausmacht: diese freie Zusammenarbeit mit dem Autor, die fast ein Erschaffen ist. Sie war immer noch neugierig auf ihre Epoche, sie hielt sich auf dem laufenden. Aber diese alten Werke, die sie zu dem gemacht hatten, was sie war und nicht mehr aufhören würde zu sein, was hatten sie ihr zu bieten?

«Du hast die Qual der Wahl», sagte André.

«Es ist eine Qual.»

Sie nahm einen Band Proust. Proust, das war anders. Die

* Universitätsabschluß nach dem dritten Studienjahr.

Sätze, die sie auswendig kannte, sie wartete auf sie, sie fand sie mit demselben Glücksgefühl wieder wie der Erzähler das kleine Thema* von Vinteuil. Aber heute fiel es ihr schwer, sich zu konzentrieren. Sie dachte: Es ist nicht mehr dasselbe. Sie sah auf André. Eine Gegenwart, was ist das? Da war diese lange Geschichte, die, so vertraut, so vergessen wie die Texte zwischen diesen Seiten, an seinem Nacken endete. In Paris war er gegenwärtig, selbst wenn er viele Kilometer weit entfernt war. Und vielleicht existierte er sogar in ihrem Herzen mit der erschütterndsten Evidenz, wenn sie ans Fenster gelehnt schaute, wie er sich entfernte; die Gestalt wurde kleiner, verschwand um die Ecke, nachdem sie mit jedem Schritt den Weg ihrer Rückkehr vorgezeichnet hatte; dieser scheinbar leere Raum war ein Kraftfeld, das ihn unwiderstehlich zu ihr als seinem natürlichen Milieu zurückführen würde: Diese Gewißheit war noch anrührender als ein Körper aus Fleisch und Blut. Heute war André persönlich anwesend, in Reichweite. Aber zwischen ihnen war eine Art Isolierschicht, unsichtbar, nicht fühlbar: eine Schicht aus Schweigen. War sich André dessen bewußt? Wahrscheinlich nicht. Er hätte geantwortet: «Aber doch, es ist wie vorher. Was ist anders?»

Es hatte in ihrem Leben Streit gegeben – aber aus ernsten Gründen. Wenn einer von beiden ein Abenteuer gehabt hatte; wegen der Erziehung Philippes. Es waren echte Konflikte, die sie heftig, aber schnell und endgültig beseitigten. Diesmal war es ein undurchsichtiger Strudel gewesen, ein Sturm im Wasserglas; und gerade wegen seiner Inkonsistenz war er nicht ganz zerstreut. Man muß auch berücksichtigen, dachte sie, daß sie früher leidenschaftliche Versöhnungen im Bett hatten; im Verlangen, in der Begierde, in der Lust ver-

* Das kleine Thema der Sonate des Musikers Vinteuil, Figur in Prousts Romanzyklus *Auf der Suche nach der verlorenen Zeit.*

glühten überflüssige Vorwürfe; sie begegneten sich neu und glücklich. Jetzt war ihnen dieses Mittel versagt. Da spintisierte Nicole herum. Sie war größtenteils verantwortlich für ihr Zerwürfnis: Sie hatte geglaubt, er lüge. (Warum hatte er sie auch früher belogen, und sei es wegen Kleinigkeiten?) Es war auch seine Schuld. Er hätte noch mal über das Problem reden sollen, statt zu meinen, es sei in zwei Minuten geregelt. Sie war zu mißtrauisch gewesen und er nachlässig, und er war es immer noch, es kümmerte ihn nicht wirklich, was in Nicoles Kopf vor sich ging.

War er abgestumpft? In ihrer Wut hatte sie viele ungerechte Dinge über ihn gedacht. Senil, nein. Wie eine Pflanze, nein. Aber vielleicht weniger sensibel als früher. Man nutzt sich gezwungenermaßen ab: so viele Kriege, Massaker, Katastrophen, soviel Unglück, Tod. Ich selbst, werde ich weinen, wenn Manon stirbt? «Niemand wird mehr dasein, um mich ‹mein kleines Kind› zu nennen», sagte sie sich traurig. Aber das war ein egoistischer Gedanke. Würde sie es bedauern, Manon nicht mehr zu sehen? Sie blieb verwundbar wegen André und Philippe. Aber die anderen? Und im Augenblick empfand sie selbst für Philippe, für André keine Wärme.

Ein Paar, das weitermacht, weil es begonnen hat: war das die Zukunft, die sie erwartete? Freundschaft, Zuneigung, aber kein wirklicher Grund zusammenzuleben: würde es so sein? Ursprünglich hatte es wirkliche Gründe gegeben. Er hatte sie, die sich sperrte, sobald ein junger Mann ihr überlegen sein wollte, durch eine Art Naivität erobert, auf die sie bei niemandem sonst gestoßen war; sein bestürzter Ausdruck entwaffnete sie, wenn er seufzte: «Sie täuschen sich vollkommen!»

Von ihrer Mutter zu sehr umhegt, von ihrem Vater vernachlässigt, war sie innerlich verletzt, eine Frau zu sein. Der Gedanke, sich eines Tages unter einen Mann zu legen, empörte sie. Durch sein Feingefühl, seine Zärtlichkeit, hatte

André sie mit ihrem Geschlecht versöhnt. Voll Freude hatte sie die Lust akzeptiert. Und nach einigen Jahren hatte sie sich sogar ein Kind gewünscht, und die Mutterschaft hatte sie erfüllt. Ja, ihn hatte sie gebraucht, und keinen anderen. Und er, warum hatte er sie geliebt, obwohl sie doch im allgemeinen wegen ihrer Aggressivität mißfiel? Die mütterliche Härte und Strenge, die auf ihm gelastet hatten, waren ihm vielleicht zugleich unentbehrlich geworden, und er hatte sie bei Nicole wiedergefunden. Sie hatte ihm geholfen, so gut es ging, erwachsen zu werden. Auf jeden Fall hatte sie immer den Eindruck gehabt, daß keine Frau besser zu ihm gepaßt hätte. Täuschte sie sich? Hätte sie sich ihrerseits mit einem anderen voller entfaltet? Müßige Fragen. Die einzige Frage war, was heute zwischen ihnen blieb. Sie wußte es nicht.

Mascha war heute nachmittag beschäftigt; sie hatte Nicole und André einem Taxifahrer anvertraut, dem sie genaue Instruktionen gegeben hatte. Sie stiegen in einem Vorort aus – einem echten Dorf vor den Toren Moskaus, wo sie schon vor drei Jahren gewesen waren. Sie gingen eine von alten Isbas* gesäumte Straße hoch.

«Geh nicht so schnell: Ich möchte Fotos machen», sagte Nicole. Sie hatte plötzlich verkündet, es sei schade, kein Foto von der Reise mitzubringen, und sich Jurijs Apparat ausgeliehen. Sie hatte praktisch noch nie fotografiert. Er sah ihr zu, wie sie eine Isba in den Sucher nahm. «Weil sie sich mit mir langweilt», dachte er. Im Taxi hatten sie sich nichts zu sagen gehabt. Dabei fühlten sie sich überhaupt nicht mehr schlecht zusammen, das war das Traurigste. Vielleicht war er langweilig geworden; nicht einmal während ihrer Ferien in Villeneuve, nie sahen sie sich soviel wie hier: Sie war von seiner Gegenwart übersättigt. Und weil sie sich langweilte, war sie

* Russische Bauernhäuser aus Holz.

auch nicht besonders kurzweilig. Sie nahm eine zweite Isba auf, eine dritte. Leute, die auf der Schwelle ihres Hauses saßen und schwatzten, sahen sie mißmutig an; einer sagte etwas, was André nicht verstand und was nicht freundlich schien.

«Ich glaube, sie mögen nicht, daß du diese Fotos machst», sagte er.

«Warum?»

«Diese Isbas sind hübsch, aber sie finden sie jämmerlich, und sie argwöhnen, daß du, wie eine miese Ausländerin, Bilder ihres Elends mit nach Hause nehmen willst.»

«Gut, ich höre auf», sagte sie.

Wieder trat Schweigen ein zwischen ihnen. Im Grunde war es falsch gewesen, diesen Aufenthalt zu verlängern. Selbst für Mascha, was brachte das? Auf alle Fälle würden sie sich lange nicht sehen: zwei Jahre, drei Jahre, mehr? Würden sie wirklich Lust haben, sich bald wiederzusehen? Es war ein großes Fest gewesen, ihr im Jahre 1960 Paris zu zeigen, 1963 mit ihr die UdSSR zu entdecken. Diesmal hatte er – außer am Anfang – diese Fröhlichkeit nicht wiedergefunden. Er liebte sie sehr, sie gab es ihm zurück: aber sie sahen die Welt auf so verschiedene Weise; und weder sie noch er hatten wirklich einen Platz im Leben des anderen. Dieser romantische Eindruck, der ihn bei der Ankunft verzauberte, war nach und nach verflogen. Es war dumm, Nicole ohne triftigen Grund verstimmt zu haben, wegen zwei belangloser Bemerkungen: ‹Habt ihr was Besonderes in Paris zu tun?› – ‹Nichts.›

«Im Grunde ist es dumm, diesen Aufenthalt verlängert zu haben», sagte er.

«Wenn es dir nicht einmal Spaß macht, ist es dumm», sagte sie.

«Bedauerst du es denn?»

«Ich bedaure, wenn du es bedauerst.»

Gut. Sie drehten sich weiter im Kreise. Etwas hatte sich verhakt in ihrem Dialog; beide verstanden das, was der andere sagte, mehr oder weniger falsch. Würden sie es schließlich überwinden? Aber warum heute eher als gestern? Es gab keinen Grund.

Sie gingen durch eine Vorhalle und an einer Kirche vorbei, die Nicole fotografierte. Ein bißchen weiter oben auf einem Hügel erhob sich eine andere Kirche mit komplizierter Architektur. Sie überragte die Moskwa, hinter der man eine weite Ebene sah und in der Ferne Moskau. Sie setzten sich ins Gras und betrachteten das Panorama.

«So. Nun sind wir mal allein und haben uns nichts zu sagen, wir haben nicht einmal Lust, miteinander zu reden», dachte Nicole bitter. Sie hatte geglaubt, André würde Spaß daran haben, mit ihr Fotos von Moskau zu machen, die Postkarten waren so schlecht. Tatsächlich hatte es ihn nicht interessiert, es schien ihn sogar geärgert zu haben. Sie legte sich ins Gras, schloß die Augen, und plötzlich war sie zehn Jahre alt, sie lag auf einer Wiese, an ihrer Wange war dieser Geruch nach Erde und Pflanzen. Warum war das so rührend, eine Kindheitserinnerung? Weil die Zeit sich endlos dehnte, der Abend sich in der Ferne verlor und die Ewigkeit als Zukunft vor ihr lag. «Ich weiß, was mir in diesem Land gefehlt hat», sagte sie sich. Außer einer Nacht in Wladimir hatte sie nichts tief berührt, weil nichts in ihr einen Widerhall weckte. Die Momente, die sie in ihrem Leben berührt hatten, waren immer solche, die an etwas anderes als jene Augenblicke selbst denken ließen, sie schienen ihr eine Reminiszenz, eine Vorahnung, die Materialisierung eines Traumes, ein Bild, das sich belebte, das Bild einer an sich unzugänglichen und geheimnisvollen Realität. In der UdSSR hatte sie nicht nur keine Wurzeln, sie hatte sie auch nicht aus der Ferne geliebt wie beispielsweise Italien oder Griechenland. Deshalb waren hier die schönen Dinge immer nur das, was sie waren. Sie konnte sie bewundern: entzückt war sie darüber nicht. Würde André mich verstehen? fragte sie sich. Sie sagte sich trübsinnig, daß ihn das nicht interessierte. Wahrhaftig, miteinander allein zu sein, wie sie es sich so sehr gewünscht hatte, und nichts davon zu haben, das war zu trostlos.

«Ich habe gerade verstanden, warum mich nichts in der UdSSR besonders berührt», sagte sie.

«Warum?» fragte er.

So gegenwärtig, so aufmerksam – er war es bei allen Leuten, aber bei ihr in noch höherem Maße –, sie wunderte sich, daß sie gezögert hatte, mit ihm zu reden. In der Wärme dieses Blicks war es leicht, laut zu erklären, was sie sich leise gesagt hatte.

«Im Grunde hat uns diese Reise beide etwas enttäuscht», sagte er.

«Dich nicht.»

«Doch, in anderer Hinsicht. Zu viele Dinge habe ich nicht verstanden. Ich bin nicht weiter als bei meiner Ankunft. Ich werde froh sein, wenn ich wieder in Paris bin.» Sein Blick war ein wenig vorwurfsvoll. «Obwohl ich mich nicht gelangweilt habe. Ich langweile mich nie, wenn ich mit dir zusammen bin.»

«Ich mich auch nicht mit dir.»

«Aber du hast es mir doch ins Gesicht geschrien: Ich langweile mich!»

In seiner Stimme lag wirkliche Traurigkeit. Sie hatte diese Worte, in der Wut herausgeschrien, längst vergessen. Und sie schienen ihn tief verletzt zu haben. Sie zögerte, sie entschied.

«In Wirklichkeit mag ich Mascha sehr. Aber es ist doch nicht dasselbe, dich mit ihr zusammen oder ohne sie zu sehen. Es hat mich gestört, daß ich nie mit dir allein war. Dir war es egal, mir nicht», fügte sie ein wenig bitter hinzu.

«Aber es gab viele Momente, in denen wir allein waren.»

«Nicht viele. Und du hast dich über deine russische Grammatik hergemacht.»

«Du hättest doch nur mit mir zu reden brauchen.»

«Du hattest keine Lust dazu.»

«Aber natürlich! Ich habe immer Lust dazu!» Er dachte nach: «Seltsam! Ich hatte den Eindruck, wir würden uns viel häufiger sehen als in Paris.»

«Aber immer mit Mascha.»

«Du schienst dich so gut mit ihr zu verstehen: Ich habe nicht gedacht, daß sie dich störte.»

«Ich verstehe mich mit ihr. Aber mit einem Dritten zwischen uns ist es nicht mehr dasselbe.»

Sein Lächeln war seltsam: «Das sage ich mir oft, wenn du Philippe zu unserem Wochenende mitnimmst.»

Sie war bestürzt. Ja, sie bat Philippe oft, sie zu begleiten, das schien ganz natürlich.

«Das ist was anderes.»

«Weil er mein Sohn ist? Er ist trotzdem ein Dritter zwischen uns.»

«Er wird es nicht mehr sein.»

«Das betrübt dich ziemlich!»

Würden sie sich wieder streiten?

«Keiner Mutter gefällt es, daß ihr Sohn heiratet. Aber glaube nicht, daß ich mich darüber krank ärgere.»

Sie schwiegen. Nein. Nicht wieder in Schweigen verfallen.

«Warum hast du mir nie gesagt, daß dich die Gegenwart von Philippe manchmal störte?»

«Du hast mir so oft vorgeworfen, ich verlange Ausschließlichkeit! Und was hätte ich davon gehabt, dir Philippe zu entziehen, wenn ich dir sowieso nicht genüge?»

«Wieso denn? Du genügst mir nicht?»

«Nun, du bist froh, mich in deinem Leben zu haben. Unter der Bedingung, daß du noch anderes hast: deinen Sohn, Freunde, Paris...»

«Was du da sagst, ist idiotisch», sagte sie erstaunt. «Auch du brauchst noch etwas anderes als mich.»

«Ich kann auf alles verzichten, wenn ich dich habe. Allein mit dir auf dem Land wäre ich vollkommen glücklich. Du hast mir einmal gesagt, du würdest dort vor Langeweile umkommen.»

War es ernster gewesen, als sie dachte, dieser Traum, sich nach Villeneuve zurückzuziehen?

«Du ziehst das Land vor, ich ziehe Paris vor, weil man die Orte seiner Kindheit liebt.»

«Das ist nicht der wahre Grund. Ich genüge dir nicht, und als ich es dir neulich gesagt habe, hast du nicht einmal protestiert.»

Sie erinnerte sich. Sie war wütend gewesen. Und sie hatte – verkrampft, gehemmt – immer Mühe gehabt, sich die Worte zu entreißen, die er verlangte.

«Ich war wütend. Ich konnte dir keine Liebeserklärungen machen. Aber wenn du nicht glaubst, daß ich genauso an dir hänge wie du an mir, bist du wirklich dumm.»

Sie lächelte zärtlich. Und es war etwas Wahres an dem, was sie sagte: Mascha hatte sie kaum aus den Augen gelassen.

«Im Grunde», sagte er, «war es ein Mißverständnis.»

«Ja. Du hast geglaubt, ich würde mich mit dir langweilen, während mir die Zeit lang wurde, weil ich mich nach dir sehnte: das ist schmeichelhafter.»

«Und ich war glücklich, dich ganz für mich zu haben, und du hast es nicht gemerkt.»

«Aber warum haben wir uns so schlecht verstanden?» fragte sie.

«Unsere Enttäuschung hat uns die Laune verdorben. Um so mehr, als wir es uns nicht eingestehen wollten.»

«Man müßte sich immer alles eingestehen, sich und dem anderen», sagte Nicole.

«Gestehst du mir immer alles?»

Sie zögerte: «Fast. Und du?»

«Fast.»

Sie lachten zusammen. Warum waren sie in diesen letzten Tagen unfähig gewesen zusammenzuleben? Alles schien wieder so vertraut, so leicht.

«Eine Sache habe ich dir nicht gesagt, die wichtig war», nahm sie den Faden wieder auf. «Bei meiner Ankunft in Moskau bin ich mit einem Schlag älter geworden. Ich habe begriffen, daß mir so wenig Zeit zu leben bleibt: Das macht die geringsten Widrigkeiten unerträglich. Du fühlst dein Alter nicht, ich ja.»

«Ach! Ich fühle es», sagte er. «Ich denke sogar sehr oft daran.»

«Ist das wahr? Du redest nie darüber.»

«Um dich nicht traurig zu machen. Du redest auch nicht darüber.»

Einen Augenblick lang schwiegen sie. Aber es war nicht mehr dasselbe Schweigen: nur eine Pause in diesem endlich wiederaufgenommenen Dialog, der nicht mehr aufhören würde.

«Gehen wir nach Hause?» fragte sie.

«Gehen wir.»

Er hakte sie unter.

«Es ist ein großes Glück, wenn man miteinander reden kann», sagte sie. «Die Paare, die nicht wissen, wie man die Worte gebraucht, es ist klar, daß bei ihnen die Mißverständnisse wie eine Lawine anwachsen und schließlich alles kaputtmachen.»

«Ich hatte ein bißchen Angst, zwischen uns sei etwas kaputt.»

«Ich auch.»

«Aber im Grunde war das unmöglich», sagte er. «Wir mußten uns am Ende unweigerlich aussprechen.»

«Ja. Das war unvermeidlich. Nächstes Mal werde ich keine Angst mehr haben.»

Er drückte ihren Arm. «Es wird kein nächstes Mal geben.»

Vielleicht würde es eins geben. Aber das war bedeutungslos: sie würden sich nie sehr weit voneinander entfernen. Er hatte ihr nicht ganz genau alles gesagt, was ihm in diesen Tagen durch den Kopf gegangen war. Und vielleicht hatte sie ein paar kleine Dinge für sich behalten. Auch das war bedeutungslos. Sie hatten sich wiedergefunden. Er würde Fragen stellen, sie würde antworten.

«Warum hast du dich alt gefühlt?» fragte er.

Nachwort
Stimmen im Versuchslabor des Verstehens
Judith Klein

Die Gegenwart eines Augenblicks fühlbar machen, das Leben in seiner Fülle vergegenwärtigen ist eine Herausforderung, der Autoren mit immer neuen Kunstgriffen begegnen. Simone de Beauvoir sagte über ihre schriftstellerische Arbeit: «Ich wollte schreiben, um eben etwas vom Leben zu bewahren.»[1] Und was sie über ihre Romane äußerte, gilt auch für die Erzählung *Mißverständnisse an der Moskwa*: «In meinen Romanen bin ich bestrebt, die Nuancen und den Doppelsinn herauszuarbeiten. [...] Man kann sie [die Existenz] nur auf dem Umweg über ein imaginäres Objekt heraufbeschwören.»[2] Das ist ihr in der Erzählung, in der sie Augenblicke und Dinge einer heute verschwundenen Welt, der Sowjetunion der sechziger Jahre, aus der Perspektive zweier französischer Intellektueller eingefangen hat, auf einzigartige Weise gelungen.

Simone de Beauvoir fuhr zwischen 1961 und 1966 jedes Jahr mit Jean-Paul Sartre in die Sowjetunion; meist auf Einladung des sowjetischen Schriftstellerverbandes. Über diese Reisen hat sie im sechsten Kapitel des Memoirenbandes *Alles in allem* berichtet. Auch in *Mißverständnisse an der Moskwa*

1 Josée Dayan, Malka Ribowska, *Simone de Beauvoir*, Gallimard, Paris 1978, 22.

2 Vgl. Simone de Beauvoir, *Der Lauf der Dinge*. Übersetzt von Paul Baudisch, Rowohlt Taschenbuch Verlag, Reinbek 1970, 309.

sind viele eigene Erfahrungen eingegangen; denn Schriftsteller «bieten die Welt so dar, wie sie sich ihnen darbietet»[3]. Ursprünglich sollte die Erzählung, die im Jahre 1966 abgeschlossen war, in die 1967 erschienene Sammlung *Eine gebrochene Frau* aufgenommen werden, wurde aber von Simone de Beauvoir zugunsten von *Das Alter der Vernunft* fallengelassen und erst 1992, sechs Jahre nach ihrem Tod, von Sylvie Le Bon de Beauvoir veröffentlicht.

Jacques Deguy nannte die Erzählung «eine Kurzform der großen Bücher ihrer reifen Jahre»[4]. Viele Themen, die Simone de Beauvoir in anderen Werken entfaltet hat, sind auch hier gegenwärtig: die fliehende und die stagnierende Zeit, das Altern, Einsamkeit, die Rolle des Dritten in einer Zweierbeziehung, die Lähmung der französischen Linken nach dem Algerienkrieg und ihr Verhältnis zum Sozialismus. Ein Thema aber überragt alle anderen: das Problem der Kommunikation. Es taucht bereits im Titel auf, und der ‹innere Monolog› der Protagonistin, Nicole, beginnt so: «Wie langweilig, diese alte Leier, über die Unmöglichkeit zu kommunizieren! Wenn einem was daran liegt, schafft man es schon recht und schlecht.» (S. 5) Zunächst wiegen sich die beiden Protagonisten in der Gewißheit gegenseitiger Transparenz – «im großen und ganzen wußten sie alles voneinander» (S. 5) –, ihre direkt oder indirekt wiedergegebenen Gedanken bezeugen aber bald das Gegenteil. Das Denken des einen ist für den anderen in Dunkel gehüllt: der eine weiß nichts von der Furcht des anderen vor dem Altwerden. Nach dem Ausbruch der Krise fragt Nicole sich: «Es stimmt also, was behauptet

3 In: Yves Buin (Hg.), *Que peut la littérature?* [Was kann die Literatur?] L'Herne, Paris 1965, 81.
4 Jacques Deguy, *Simone de Beauvoir romancière* [Die Romanautorin Simone de Beauvoir] in: Roman 20–50, Nr. 13, Juni 1992, 7.

wird, daß man nicht kommunizieren kann, daß niemand den anderen versteht?» (S. 64) Und dann steht am Schluß der Erzählung doch der Satz: «Einen Augenblick lang schwiegen sie. Aber es war nicht mehr dasselbe Schweigen: nur eine Pause in diesem endlich wiederaufgenommenen Dialog, der nicht mehr aufhören würde.» (S. 81)

Wie ist es möglich, einander zu verstehen, wenn doch die Situation eines jeden einzigartig ist, wenn alles den einen vom anderen trennt: Vergangenheit, Geschlecht, Träume, Bedürfnisse, Ängste? Wenn, wie Jean-Paul Sartre dargelegt hat, jeder Ausdruck, jede Gebärde, jedes Wort «konkretes Erfahren der entfremdenden Realität des andern»[5] ist? Wenn «mir der ‹Sinn› meiner Ausdrücke immer [...] entgeht», weil die andern meiner Aussage einen Sinn geben, der sich vom gemeinten Sinn unweigerlich unterscheidet, mögen sich beide auch annähern?

Simone de Beauvoir enthüllt in *Mißverständnisse an der Moskwa* die Mechanismen zwischenmenschlicher Kommunikation. André sagt: «nicht diesen Sonntag, sondern nächsten. [...] du weißt doch, wir haben beschlossen, zehn Tage länger zu bleiben» (S. 58) – Sätze, deren Sinn und Berechtigung ihm zunächst unzweifelhaft scheinen; denn er glaubt, er habe Nicole nach einem Abend im Restaurant seinen Plan unterbreitet, den Aufenthalt zu verlängern, und Nicole habe zugestimmt. Sie aber liest aus seinen Worten etwas ganz anderes heraus: Rücksichtslosigkeit, Egoismus, Bevormundung und Unterdrückung.

In gewissem Sinn stellt sich der Text wie ein Labor kommunikativer Prozesse dar. Simone de Beauvoirs Erzählung

5 Jean-Paul Sartre, *Das Sein und das Nichts. Versuch einer phänomenologischen Ontologie*. Hg. von Traugott König, übersetzt von Hans Schöneberg und Traugott König, Rowohlt Verlag, Reinbek 1991, S. 654.

und Jean-Paul Sartres Analyse der Kommunikation in *Das Sein und das Nichts* legen ein dreigliedriges Modell nahe, das auf das Auseinanderdriften von Sinn abhebt; Kommunikationsprozesse gliedern sich demnach in den Ausdruck (Wortlaut, Gebärde etc.), den gemeinten Sinn des Ausdrucks und seine Interpretation.

Nicole, die Interpretin oben zitierter Botschaft, steht in der Dialektik von Freiheit und Gebundenheit, die jegliche Kommunikation kennzeichnet: die möglichen Interpretationen, die Antworten, die sie André geben kann, sind, wenn auch nicht unbeschränkt, so doch zahlreich; sie ‹wählt›, ebenso wie kurz darauf André, den Sinn, der ihrer Situation, ihrem Kontext gemäß ist: ihrem Groll, ihrer zunehmenden Langeweile, ihrer Irritation über die ununterbrochene Gegenwart Maschas, ihrer Erbitterung über das Altern und über den Verlust von Zukunft. Aus dieser ihrer Situation heraus trifft sie die ‹interpretative Entscheidung›, die einen Prozeß in Gang setzt, der ihr später als «Rauch ohne Feuer», als «Sturm im Wasserglas» (S. 73), erscheint, eben nicht als «echter Konflikt». Ihre Interpretation zerstört die gemeinsame Sprache, auf die das Paar vor der Krise in gewisser Weise zurückgreifen konnte, und macht ihr Sprechen zu einem Versuch-und-Irrtum-Prozeß, beherrscht von außersprachlichen Zeichen.

Simone de Beauvoir zeigt, was auf dem Spiele steht in der Kommunikation zweier Menschen und welches die Folgen der Nicht-Kommunikation sind: Zittern, Versteinern, Fürchten um Verlust, Erlebnis der Kontingenz; dies Erleben der Grundlosigkeit des Daseins, das in der existentialistischen Literatur so häufig thematisiert wurde, überfällt Nicole in der Situation der gestörten Kommunikation, als ob sich der einzelne erst dann wahllos in die Welt geworfen fühlte, wenn das menschliche Gegenüber schwindet: «Angst schmetterte sie nieder: die Angst zu existieren, die noch unerträglicher war als die Angst zu sterben. Einsam wie ein Stein inmitten einer

Wüste, aber dazu verdammt, sich ihrer nutzlosen Gegenwart bewußt zu sein.» (S. 62)

Nicole verliert jede Orientierung, findet sich in ihrem Leben nicht mehr zurecht, die ‹Kommunikation› zwischen Vergangenheit und Gegenwart ist aus den Fugen geraten: «Etwas wankte in ihrem Kopf. Wie wenn man einen Schlag über den Schädel bekommen hat, der Blick trübe geworden ist und man von der Welt zwei Bilder auf unterschiedlichen Ebenen wahrnimmt, ohne sagen zu können, was sich oben und was unten befindet. Die beiden Bilder, die sie von ihrem Leben hatte, von der Vergangenheit, von der Gegenwart, paßten nicht zusammen. Irgendwo war ein Fehler.» (S. 65) Die wachsende Entfremdung zwischen den beiden Reisenden mündet in Nicoles Zusammenbruch: «Sie war in schwarze Tiefen gesunken, flüssig und zum Ersticken, Erdöl, und heute früh tauchte sie mit Mühe auf.» (S. 69) Dies ist eine der wenigen Stellen, an denen Simone de Beauvoir mit Metaphern arbeitet. Fast immer treten sie jedoch an Wendepunkten der Erfahrung auf; sie drücken eindringlich einen Wahrnehmungsschock, die Evidenz einer Einsicht oder eines Gefühls aus – Ereignis als Metapher. Aber mehr noch: sie scheinen das Aufblitzen der Erkenntnis auszulösen, die Wende herbeizuführen – Metapher als Ereignis. Damit hat Simone de Beauvoir eine philosophische Überzeugung, deren subversiver Gehalt noch der Anerkennung harrt, literarisch umgesetzt: Es sind Metaphern, die dem blockierten Bewußtsein neue Horizonte öffnen, die den Anstoß geben für eine Umstrukturierung des Denkens, des Lebens. Simone de Beauvoirs Gestalten, Nicole und André, schenken den Metaphern, also der Sprache, Gehör... Der Bewußtseinsschock Andrés beim Nachdenken über das Alter steht im Zusammenhang mit einer Metapher, die die Last des Erlebens schlagartig erkennen läßt: «Der Skandal ist [...], daß die flüchtigen Augenblicke sich addieren und um einen herum mineralische Ablagerungen bilden, in denen man wie in einer Falle steckt.» (S. 19) Besonders viele Metaphern enthält der Absatz, der Nicoles Erinnerung an jenen Tag gewidmet ist, an dem sie erstmals den Verlust erotischer Anziehungskraft erlebt und sich «von ihrem Körper verabschiedet»: Rosen so «naiv wie Kopfsalat» (S. 40), «brünstige Bäume» (S. 41) werden da heraufbeschworen. Die Übersetzung darf solche verblüffenden, ja unheimlichen Bilder nicht glätten, nichts ist unabdingbarer in einer Übersetzung als Treue gegenüber den Metaphern.

Damit eine neue Vision von Zusammenleben und Kommunizieren möglich ist, ist das Erlebnis der Hölle – der schwarzen Tiefen – notwendig, als ob der Schock zu einer neuen Art, den anderen zu sehen, führte. Erst nach dem Erlebnis tiefster Finsternis bildet sich zaghaft, dann unaufhaltsam eine neue Sprache heraus, welche die Kommunikation aus dem Dickicht der Kontexte und Unterstellungen löst und wieder in gegenseitigem Vertrauen verankert. Kommunikation ist möglich, muß möglich sein, das steht als Credo bereits am Anfang und bewahrheitet sich am Ende. Bewußtsein ist Negation, Weitertreiben über den Augenblick hinaus; kein Gefühl, kein Eindruck hat Bestand, auch nicht der des Mißverstandenseins.

Im Jahre 1964 gab Simone de Beauvoir während eines Kolloquiums zum Thema *Que peut la littérature?* [*Was kann die Literatur?*] eine theoretische Antwort auf das Problem der Kommunikation: mag die Situation eines jeden auch noch so singulär, noch so «detotalisiert» – d. h. von der Totalität der Welt getrennt – sein, «jede Situation ist auf alle anderen hin geöffnet, und sie ist auf die Welt hin geöffnet [...]. Also können wir kommunizieren.»[6] Der Literatur wies Simone de Beauvoir eine ganz besondere Rolle für die menschliche Kommunikation zu: insofern sie mit dem Singulären ein All-

6 In: Buin (Anm. 3), 77.

gemeines meint, ist sie Kommunikation; sie vergegenwärtigt «eine singuläre Welt, die sich mit meiner überschneidet und die doch eine andere ist. [...] Und das ist das Wunder der Literatur, das sie von der Information unterscheidet: eine *andere* Wahrheit wird zu meiner, ohne aufzuhören, eine andere zu sein.»[7] Damit ist nicht nur die Gelegenheit der Identifikation als Quelle von Erfahrung und Lust bezeichnet, sondern auch die Möglichkeit, die eigene und fremde Erfahrung als allgemein zu begreifen.

Probleme des Verstehens bestimmen in *Mißverständnisse an der Moskwa* nicht nur die Beziehung zwischen Nicole und André, sie beherrschen auch das Verhältnis Andrés zu seiner Tochter, das Verhältnis der Protagonisten zur fremden sowjetischen Welt... Schweigen folgt auf die Versuche Maschas und Andrés, über die Situation der UdSSR zu sprechen: «Er verzichtete darauf, Mascha [...] zu fragen. Allzuoft wußte sie keine Antwort auf seine Fragen, und das schmerzte sie. Als Informantin enttäuschte sie ihn ein bißchen. Vielleicht mißtraute man ihr wegen ihrer ausländischen Herkunft; oder die Gesellschaft war hier genauso in Schichten unterteilt wie anderswo; sie wußte nichts über das Leben der Arbeiter, der Bauern, und auch nichts über die ungeheure wissenschaftliche und technische Anstrengung, über die André so gern Näheres erfahren hätte.» (S. 49)

Mascha, die der kapitalistischen Welt und dem Milieu ihrer Mutter entflohen ist, betrachtet die Sowjetunion als ihr eigenes Land, in dem sie gegen die Bürokratie und die Überreste des Stalinismus kämpft. Für Mißstände hat sie immer wieder die gleiche monotone Erklärung: «die Absurdität der Bürokratie.» (S. 20) Doch die beiden Besucher, Nicole und André, ‹kommunizieren› nicht mit dieser fremden Wirklichkeit, sie

7 In: Buin (Anm. 3), 81, 82.

haben keinen Kontakt zur Bevölkerung. «In Paris kannte sie alle Läden auf dem Boulevard Raspail; viele Gesichter waren ihr vertraut, alle sagten ihr etwas. Diese hier sagten ihr nichts» (S. 41), heißt es über Nicoles Erleben. Sie ist über ökologische und architektonische Entwicklungen enttäuscht, über Smog, Verbote, Versorgungsengpässe, Kontrollen; André, der einen eher traditionell männlichen Blickwinkel einnimmt, wundert sich über die weltpolitische Zurückhaltung der UdSSR, über die Politik der Koexistenz «um jeden Preis» und die innenpolitische Orientierung an ‹banalen› Konsumwünschen. Ohne Mitglied der KPF zu sein, hat er eine lange Geschichte des Engagements für den Kommunismus und die UdSSR hinter sich; dieses Land hier «stand ihm näher als jedes andere. [...] während des Wechselbades von Hoffnung und Verzweiflung hatte er immer geglaubt, daß die UdSSR die Schlüssel der Zukunft, also der Epoche und seines eigenen Schicksals, besaß» (S. 9f.), heißt es. Andrés Hoffnungen wurzeln aber – das wird in den ‹inneren Monologen› deutlich – weniger in lebendiger Erfahrung mit diesem Land als in der Situation der französischen Linken und in der persönlichen Situation des erfolglosen, von Arbeitshemmungen geplagten Historikers, der seinem Leben einen Sinn geben will. Der Gedanke wird angedeutet, es könne sich um ein Mißverständnis gehandelt haben: «Er hatte auf die Geschichte gesetzt, um sein Leben zu rechtfertigen: er setzte nicht mehr darauf.» (S. 58) Während die beiden Protagonisten das Mißverständnis lösen und sich aussöhnen, bleiben die politischen Fragen in der Schwebe oder münden in Skepsis: die «Unkosten der Geschichte» des Sozialismus erscheinen André schließlich doch zu hoch: «Wieviel enttäuschte Hoffnung!» (S. 29)

Mit Feingefühl und Phantasie hat Simone de Beauvoir in ihrer Erzählung Techniken und Formen weiterentwickelt, die sie bereits früher erprobt hatte. Ein in ihrem ersten Roman, *Sie kam und blieb*, angewandter Kunstgriff ist das Erzählen aus der wechselnden Pespektive der Personen, auch Fokalisierung genannt; Jean-Paul Sartre beschrieb sie als Form des «rohen Realismus der Subjektivität»: «So besteht unser technisches Problem darin, eine Orchestrierung der Bewußtseine zu finden, die uns ermöglicht, die Mehrdimensionalität des Ereignisses wiederzugeben [...]; es geht darum, ihn [den Leser] in die Bewußtseine eintreten zu lassen wie in eine Mühle, er muß sogar nacheinander mit jedem von ihnen übereinstimmen.»[8] Die Lesenden erfahren von der Welt insofern, als sie durch das Bewußtsein singulärer Subjekte hindurch existiert, die sich in Stimmen, in ‹inneren Monologen›, ‹erlebter Rede› und Dialogen ausdrücken. In *Mißverständnisse an der Moskwa* sind die wechselnden Bewußtseinswelten Nicoles und Andrés durch Absätze voneinander getrennt. Mit der Zuspitzung der Krise folgen die beiden Perspektiven immer schneller aufeinander, um schließlich, als die Krise sich löst, zu verschmelzen.

Nicht nur durch die Geschichte der Protagonisten hindurch wird für die Lesenden das Problem der Kommunikation fühlbar, sondern auch durch formale Kunstgriffe: sie sind für das Leseerlebnis ebenso wichtig wie die inhaltlichen Botschaften. So hat die Autorin beispielsweise den entscheidenden Abend (an dem André seinen Plan, die Reise zu verlängern, Nicole unterbreitet haben will) ausgespart und somit alles ausgeklammert, was nicht tastender Rückblick der Personen wäre. Ihre Erfahrung mit den Unwägbarkeiten der Kommunikation, ihre Orientierungslosigkeit wiederholen sich im Erleben der Lesenden.

8 Jean-Paul Sartre, *Was ist Literatur?* Hg., neu übersetzt und mit einem Nachwort versehen von Traugott König, Rowohlt Taschenbuch Verlag, Reinbek 1981, 176.

Erzählungen lassen sich durch zweierlei kennzeichnen: kontinuierliche Aufeinanderfolge der sprachlichen Zeichen und Erzähleinheiten einerseits, Bruch und Veränderung auf der Ereignis- oder Erkenntnisebene andererseits. *Mißverständnisse an der Moskwa* ist relativ ereignisarm; die wesentlichen Veränderungen finden auf der Ebene der Wahrnehmung und der Erkenntnis statt; sie sind – gemäß «subjektivem Realismus» – zuallererst solche des Bewußtseins. Sie kündigen sich in den Stimmen der ‹inneren Monologe› und der ‹erlebten Rede› an, bevor sie in den Dialogen zutage treten. Die zeitliche oder kausale Linearität der Ereignisse oder Erkenntnisse hat einer spiralförmigen Bewegung Platz gemacht, welche die komplizierten Abläufe der Kommunikation spiegelt.

Die Transformation der gegenseitigen Wahrnehmung ist verknüpft mit der sich wandelnden Wahrnehmung der sozialen und politischen Verhältnisse. André sagt es so: «Unsere Enttäuschung hat uns die Laune verdorben. Um so mehr, als wir es uns nicht eingestehen wollten.» (S. 80) Die Kommunikationskrise der beiden Protagonisten könnte aber auch als Parabel für die Sackgasse des politischen Systems gelesen werden...

Simone de Beauvoir zeichnet in *Mißverständnisse an der Moskwa* von der sowjetischen Wirklichkeit kein irgendeiner eindeutigen Wahrheit oder Objektivität verpflichtetes Bild, sondern zeigt widersprüchliche Wahrnehmungen und Überlegungen auf: die ihrer Protagonisten. Sie sind in politische Zusammenhänge versetzt, die sie nicht mittels Konzepten deuten, sondern mit der Vielfalt ihrer Gefühle, Ängste, Hoffnungen, Ambivalenzen. Durch einen Kunstgriff – häufig erinnern sich die beiden an eine Reise, die sie «drei Jahre früher», im Jahre 1963, in die USA geführt hatte – wird die Begrenzung der Zeit und des Bewußtseins aufgebrochen, werden zusätzliche Fragen und Vergleiche eingeführt.

Simone de Beauvoirs Kriegstagebuch und ihr Briefwechsel mit Jean-Paul Sartre aus der Kriegszeit zeigen, daß sie als erste die Frage nach ihrer beider Verantwortung für die politische und soziale Entwicklung, und das hieß auch für den Krieg, aufgeworfen hatte. Am 8. Oktober 1939, einen Monat nach Kriegsbeginn, schrieb sie an Sartre: «Ich weiß wohl, daß wir nichts tun konnten, aber immerhin gehören wir zu der Generation, die es hat geschehen lassen. [...] ich habe Gewissensbisse, wenn ich daran denke, daß ein anderer für unsere Ohnmacht bezahlen muß»[9] – andere aus der nachfolgenden Generation, «die keine Zeit hatten, den kleinen Finger zu rühren». Sartre reagierte: «Noch nie hatte ich die Dinge in dieser Weise gesehen.» Und diese Sicht hatte Folgen: Nach dem Krieg glaubte Simone de Beauvoir, ein Sozialismus in libertärer Gestalt sei die einzige Chance der Menschheit. Gegenüber der UdSSR entwickelte sie eine Haltung kritischer Solidarität, die je nach außen- und innenpolitischen Ereignissen schwankte. Über das Jahr 1955 schrieb sie: «Die sozialistische Welt war Teil unseres Universums»[10], womit sie allerdings eher die sozialistischen Hoffnungen und die persönlichen Kontakte mit Sozialisten und Sowjetbürgern meinte als den realen Staatssozialismus – eine Unterscheidung, zu der sie immer wieder Zuflucht fand.

Die «Versprechen» des XX. Parteitags der KPdSU im Jahre 1956 ließen sie, nachdem sie in *Die Mandarins von Paris* einigen Personen harte Kritik am Stalinismus und am sowjetischen Lagersystem in den Mund gelegt hatte, aufatmen. Neue Zweifel, ja Protest, wurden durch die sowjetische Intervention in Ungarn geweckt; rückblickend schrieb sie in *Der Lauf*

9 Simone de Beauvoir, *Lettres à Sartre. 1930–1939* [Briefe an Sartre], Paris, Gallimard 1990, 169f. (Die deutsche Übersetzung erscheint 1996.)
10 *Der Lauf der Dinge* (Anm. 2), 314.

der Dinge: «Warum aber hatten die russischen Panzer so heftig eingegriffen, waren die auf dem XX. Parteitag gegebenen Versprechungen gebrochen und das Prinzip der Nichteinmischung verletzt worden? Warum hatte die UdSSR ein Verbrechen begangen, das sie vor der Welt als ein imperialistisches Land erscheinen ließ, das andere Länder unterdrückt?»[11] Die enge Zusammenarbeit mit französischen Kommunisten im Laufe des Algerienkriegs stärkte das Band zur Sowjetunion wieder.

Simone de Beauvoir schrieb *Mißverständnisse an der Moskwa* in einer Zeit, als sie noch an Solidarität und Hoffnung festhielt, diese aber bereits ins Wanken geraten waren. In der UdSSR ging damals kulturelles Tauwetter mit dem sowjetisch-chinesischen Zerwürfnis einher: von beidem legt die Erzählung Zeugnis ab. Nach dem Prozeß gegen zwei sowjetische Schriftsteller, Sinjawski und Daniel, im Jahre 1966, Zeichen zunehmender Repression gegen Intellektuelle, und nach dem Eindringen sowjetischer Panzer in die Tschechoslowakei im Jahre 1968 kehrte Simone de Beauvoir sich enttäuscht ab: «Nicht ohne Bedauern sage ich mir, daß ich Moskau wohl nie wiedersehen werde», schrieb sie im Jahre 1971.[12] «Moskau blendete mich», hatte sie in *Der Lauf der Dinge* über ihren ersten Besuch im Jahre 1955 geschrieben.[13]

Bereits 1964 hatte sie Skepsis gegenüber gewissen Elementen der sozialistischen Rhetorik ausgedrückt; auf dem bereits erwähnten Kolloquium sagte sie: «Der sozialistische Diskurs ähnelt stark dem technokratischen Optimismus, der heute grassiert, der das Elend Überfluß nennt und die Zukunft als

11 Ibid., 344.
12 Simone de Beauvoir, *Alles in allem*. Übersetzt von Eva Rechel-Mertens, Rowohlt Taschenbuch Verlag, Reinbek 1976, 343.
13 Vgl. *Der Lauf der Dinge* (Anm. 2), 321.

Alibi benutzt.»[14] Nicole hatte gedacht: «Schade, daß Veränderungen fast immer zum Schlechten ausschlagen, bei Orten genauso wie bei Leuten» (S. 20) – und André hätte hinzufügen können: das sind die «Unkosten der Geschichte» (S. 57). In ihrer Erzählung stellt Simone de Beauvoir den Enttäuschungen der beiden französischen Intellektuellen allerdings den kämpferischen Optimismus der jüngeren Mascha entgegen.

Eine Erzählung, in der eine Frau im Vordergrund steht, mag die Frage nahelegen, wie denn Simone de Beauvoirs bahnbrechende Thesen aus *Das andere Geschlecht* hier Niederschlag finden. 1983 berichtete Simone de Beauvoir in einem Interview, ihr werde zuweilen vorgeworfen, «gerade von seiten der Feministinnen, keine positiven, sozusagen feministischen Heldinnen, keine Frauen der Tat, keine schöpferischen Frauen darzustellen». Und sie erklärte: «Der Feminismus kommt in meinen Romanen überhaupt nicht vor [...]. [...] meine Frauengestalten sind nicht von *Das andere Geschlecht* inspiriert, von nichts dergleichen. Sie sind von Frauen inspiriert, die ich leben sah, von meiner Erfahrung mit Frauen und mit mir selbst.»[15] Und doch taucht, wenn auch nur in der Rede der anderen, eine ‹emanzipierte› Frau auf: Irène, die Verlobte von Nicoles Sohn; ins Groteske verzerrt, repräsentiert sie die aufgezwungene oberflächliche Emanzipation der *femme totale*, die in angepaßte Perfektion mündet.

Nicht Theorie, Ethik oder Zukunftsvisionen bestimmen Simone de Beauvoirs Frauengestalten, sondern die Erfahrungen des alltäglichen Lebens. Nicole ist keine feministische Heldin: sie quält sich wegen ihres Alters, wirft sich vor, intellektuelle Bestrebungen hinter die Bedürfnisse ihrer Familie

14 In: Buin (Anm. 3), 91.
15 In: Anne-Marie Celeux, *Jean-Paul Sartre, Simone de Beauvoir: Une expérience commune, deux écritures* [Eine gemeinsame Erfahrung, zwei Schreibweisen], Nizet, Paris 1986, 80.

zurückgestellt zu haben, sie ist pensionierte Lehrerin, hat die sexuelle Beziehung zu ihrem Mann aufgegeben.

In *Mißverständnisse an der Moskwa* hat Simone de Beauvoir umgesetzt, was sie theoretisch dargelegt hatte: Schreiben bedeute, die Welt zu enthüllen; hier enthüllt sie die Welt in einem Wirbel unterschiedlicher Diskurse.